U0940229

结婚为什么

小丑鱼 作品

xiaochouyu work

Why get married

人民交通出版社股份有限公司
China Communications Press Co.,Ltd.

图书在版编目 (CIP) 数据

结婚为什么 / 小丑鱼著 . -- 北京：人民交通出版社股份有限公司，2016.9

ISBN 978-7-114-13280-3

Ⅰ. ①结… Ⅱ. ①小… Ⅲ. ①长篇小说—中国—当代 Ⅳ. ① I247.5

中国版本图书馆 CIP 数据核字（2016）第 194331 号

书　　名：**结婚为什么**
著 作 者：小丑鱼
监　　制：邵　江
策　　划：童　亮
责任编辑：刘楚馨
营　　销：吴　迪　刘　君
出版发行：人民交通出版社股份有限公司
地　　址：（100011）北京市朝阳区安定门外外馆斜街3号
网　　址：http://www.ccpress.com.cn
销售电话：（010）59757973
总 经 销：人民交通出版社股份有限公司发行部
经　　销：各地新华书店
印　　刷：中国电影出版社印刷厂
开　　本：880 × 1230　1/32
印　　张：9.125
字　　数：200千
版　　次：2016年10月　第 1 版
印　　次：2016年10月　第 1 次印刷
书　　号：ISBN 978-7-114-13280-3
定　　价：36.00元

目录

第一章　剩女相亲

1

每个春天即将来临的时候，我都会想起我一姐妹刁嫒嫒说过的一句话：姐长期奔放，已找不到矜持的方向。

还有我一异性朋友刘光天说的：婚姻如画皮，爱情似梦遗。

之所以春天这么让人心神荡漾，就是一到这个季节就草长莺飞，尤其是单身男女就开始蠢蠢欲动。我但凡看上了谁家的单身帅哥，每次都先用刁嫒嫒的话来鞭策自己，然后再用刘光天的话来安慰自己。

身为一个女剩斗士，我唯一的寄托就是每天靠着窗审视楼下走过的异性，眼光中带着恨嫁的幽怨。对于我倚窗看异性的嗜好，刘光天发表了自己的看法：给个晾衣竿，你就是一活脱脱的潘金莲。

这也不能怪我，我今年已经二十七岁了，还是继续过着每年 11 月 11 日在狂欢中寂寞的日子。我曾哀求刁媛媛、刘光天给我找个男朋友，就差没冰天雪地裸体跪求了，可得到的回答是，如果我要结束单身，他们就不活了。

正因为有我这么一个事儿妈的存在，他们的生活才不至于那么单调，就像当初在大学寝室一同学的带领下，我和刁媛媛等一干人去捉奸一样，还没走到现场就已经全身经脉活络。门一被踢开，就感觉自己的任督二脉好像被打通了似的兴奋。

捉完奸后，我同学还请我们这群事儿妈去吃了一顿饭。在去吃饭的路上，当事人沉痛哀伤，旁边的人好言宽慰，可心里暗自欢喜又白捡了一顿饭，那场面弄得就跟吃丧宴似的。

我对刁媛媛说："假如我老公哪天不小心跟狐狸精搞上了，我一定不会发动这么多人来看笑话。"

刁媛媛说："得，就你那样还笑话呢，你先把笑话的引子找到再说吧。"

把希望寄托在刁媛媛身上是没戏了。第一，她是短跑健将，校运会的时候拿过第一名，假如有合适的人选，我肯定跑不过她；第二，老刁已经二十九岁了，情理上我也不能拔得头筹。

于是我把目光投向了刘光天的名片夹，随便抽一张出来就是什么总什么经理，随便抱一个回家我都赚大发了。可刘光天说他名片夹里没一个是好东西，不是有了二奶，就是吃喝嫖赌样样精通。

最后他说："汪燃你别结婚了，你看我就是个活脱脱的反面教材。"

刘光天的婚姻经验已经有两年，他说当初和史燕结婚纯粹是一时冲动。结婚后，他才发现婚姻不是爱情的坟墓，而是男人的坟墓，隔三岔五就盼望有个盗墓贼来解救自己。可史燕的防盗措施做得很好，最辣手摧花的一招就是每天发给刘光天五十块的零用钱，每天翻通信记录和聊天记录，月初还要去网上营业厅下载话费详单核对。这样周密的防盗，盗墓贼连墓地的门边儿都摸不着。

可我不结婚，我也得恋爱。缠了刘光天三个星期后，史燕通知我，这个周末相亲，对象是她朋友的同事的朋友。

这圈子兜得大了一点，我让刘光天介绍，结果史燕给我绕弯子找。不过不妨碍曙光直射到我身上。

我和史燕约好在广场见面，乍一见到她，我还真没认出来。丫穿得五光十色，那件大衣正是我眼馋了许久不敢下手的，商场标价"1588"，不打折。想当年多土鳖的一妞，自从攀上了刘光天，就形象大变。

她说："今天相亲，你怎么穿着板鞋就来了？快走吧，人家说不定已经在那儿候着了。"

在见到相亲对象后，我真是庆幸我今儿穿了板鞋来。看到他站起来和我平视的身高，以及那油光可鉴的头发，我就悄声皮笑肉不笑地对史燕说："您真照顾我，敢情您家里有个一七八的，您给我找个一六八的，忒抬举我了。"

史燕也皮肉岿然不动地冲我笑笑。

回去后，我就给刁媛媛打电话。我说："史燕真不是个东西，谁不知道她那点防盗心理，说实话，刘光天我要抢，还轮得着她吗，当初没我他俩能认识吗？哦，我让刘光天给我介绍男朋友怎么了，用得着拿个一六八的来暗示我吗？我就只能配个一六八的对吧？虽然我不是瞧不起一六八的人，但那一六八好歹也让我尊重得起来啊！那头发，也不收拾收拾，摆明了就是寒碜我。"

刁媛媛说："你没瞧见自打刘光天结婚后，我都很少跟他有什么往来了吗？甭管咱仨打小是不是一块儿长大，可他结了婚了，咱就离他远点，省得别人说闲话。"

我知道她话里的别人不是谁，指的就是史燕。但我还是不服气，"我让刘光天给我介绍男朋友也能让她提高警惕，她以为她的刘光天多招人疼，天下就她男人回床率特高似的。”

刁媛媛就说：“你怎么成天就知道找男朋友，你卵子上脑了是吧，交配期到了是吧？没事儿去超市捏方便面撕奶粉袋多解气，干嘛非得找男朋友。”

我说：“鄙视你这种超市捏捏族，寂寞了就去捏方便面。你是不知道，我妈成天催我，说我都活了小半辈子了，连一次正经恋爱都没感受过，简直没她当年的风范。”

刁媛媛说：“得了吧，就你妈那样，当年整个纺织厂谁不知道啊，三十岁才开始恋爱，还是领导介绍，之前都是屁颠儿屁颠儿地跟在一个技术员屁股后面，不是给人家送鸡腿就是送开水，单相思的周期长达五年。不过你真要找男朋友，我倒是认识一个不错的，跟你同岁，大你半年，比我小两岁，不适合我。”

我说：“老刁，有你最后一句话，我这心里的石头才算落了地，我之前还寻思你把淘汰货倒腾给我了，我是小人，是我瞎了狗眼才怀疑你和史燕是一类人……不对，不适合你，意思是仍旧是淘汰货?”

刁媛媛说：“不要算了。”

我说："要！"

后来刁媛媛还真叫了我和那男人一块儿吃饭。为了不重蹈覆辙，我头一天就管老刁要了照片，看着照片上挑不出大毛病的样子，我有点放心了。

后来看见王皓真人，我真的倾心了。他那天穿了一件黑色的休闲西装，后来我对刘光天形容："不管什么牌子套他身上都好看，人家那身段就是性感，你瞧你那正面看像个人，背面就只剩个屁股的线条，以后见了他可别羞愧。"

在回去的路上，我把刁媛媛从另一家水吧叫出来。我眉飞色舞地对她说："我已经坠入爱河了，一定要拿下他！"

刁媛媛本来都还挺平静的，我这话一落音她就开始激动，说："你哪次恋爱不是先坠入爱河，但都没好下场，你还记得在你高中的时候吗？倒追你同桌，后来人跟你们班的班花恋上了，你还拉我出去喝酒，喝高了跑人家里去按门铃，按了就跑，最后摔台阶上，右脚踝骨折，打了半个月石膏。大学那次倒追你学校的足球队队长，嘘寒问暖半年，人家终于同意跟你谈恋爱，你为了庆祝又拉我去喝酒，喝高了给人家打电话，一把眼泪一把鼻涕地说是你初恋，吓得队长第二天就提出跟你分手，你工作了以后倒追给你家焊防护栏的工人……"

我连忙捂住她的嘴巴，保证说："我这次绝对不喝酒了，假如兴奋我就提一溜鞭炮去六环外放。"

刁媛媛说："你放鞭炮别崩了人家眼睛。"

我就有些小怒，反驳她说："刁媛媛，你就不能不说丧气的话，那焊防护栏的工人怎么又是我倒追了，后来不是说了我是一时冲动吗?"

刁媛媛鼻孔里哼一声，掷地有声地说："我操！一时冲动的是你被人家蹲路边儿吃馒头的样子吓坏了，要不现在你得扛着防护栏架子跟我边走边唠嗑，过年还得去排队买火车票跟人回老家探亲。"

不管怎么说，这次相亲对于我来说是成功的，可对于另一方我就不知道了。于是我挖空了心思地让刁媛媛去盘问人家对我的印象，因为那天经过刁媛媛一番教导，我就再也不想倒追男人了。

三天后，刁媛媛给我发短信，说对方对我印象还不错，就是觉得我有点傻不拉叽的，不过女孩子单纯一点好，省得以后肚子里藏事被窝里藏人的。

在我和王皓正式交往前，我就给我妈说了这事，我说的是刁媛媛帮我找了一男朋友，看上去还挺靠谱。

经过我妈的宣传，还有那七大姑八大姨的渲染，最后到我二姑耳朵里的版本就是，我找到了一个男朋友，又有钱又帅，开的是奥迪，买的是三环四万一平米的房子，准备今年国庆就领证了。

我二姑赶到我家的时候，差点没把我拍死，她说："汪燃我说过多少次了，要是结婚就别找长得帅的，长得帅的没用，还是个负担，有钱了那些小年轻小不要脸的就贴上来了，到时候你就等着拿着苍蝇拍去轰吧，我看你能轰走几个。"

我就质问她凭什么不待见人家长得帅，她又差点没把我从死里拍活，"我年轻的时候就是吃了这亏，找了一长得帅的，现在供着他一家子，辛辛苦苦赚的钱全掉他家里人口袋里了。不过还好你那对象挺有钱，我听说他开着奥迪是吧，你要是能争取结婚的时候把那三环的房子弄到自己名下，打今儿起就什么都不怵了。"

我就没敢告诉我二姑实话。我挺想说，王皓没钱，现在在一家小装修公司做设计，骑的是电瓶车，租的是六环的农民房，白天在工地吃粉尘，晚上在电脑前面挨辐射，挣的是卖白菜的钱，操的是卖白粉的心。

可我一看我二姑那样，就把话生生地憋了回去。

最后还是我爸说话了。他说："英子，你也甭管对方长什么样，是不是有钱，只要他对燃燃好，我们就认同这个女婿。”

听到这话我就更郁闷，还不如我二姑说的靠谱呢，王皓什么时候就成女婿了，正式交往都还没跨出去，我一初恋尚未开始的女生，怎么就变成人家未婚妻了。

后来我爸直接说：“燃燃，你这个周末把他带来家里吃顿饭吧，说什么也是你谈的第一个朋友，而且是刁媛媛介绍的，我觉着挺靠谱，刁媛媛是个稳重人，从不乱来，看人也有一套，我挺相信她的眼光。”

我心里笑得快裂口子了，刁媛媛是个稳重人？这话对幼儿园的孩子说说兴许能唬到人，她要是稳重，全世界的人都沉重了。

我说：“没稳定前，你谁也别想我带回家，什么上个星期介绍的，这个星期就要我带回家了，阿猫阿狗都朝家里带，我又不是开宠物站的。”

不过我还是把我爸这想法向王皓传达了一下。刁媛媛一听我已经传达了，就大呼：“你傻了呀，你脑子进水了呀，你可别又把人吓得精神分裂，你就是个二百五，活的。”

我听了就有些后悔，但已经传达了，也不能把话收回来，只好忐忑不安地等王皓的回答。

不出老刁所料，王皓回绝了，但回绝得挺委婉，说是周末有个活要验收，来不了。他说："下次好不好，下次我一定到，我不来我是小狗。"

我妈一听来不了，勃然大怒，一拍桌子说："老娘去堵他！他在哪儿验收?"

关于我妈的行事风格，我一直不敢恭维，要不是她心地善良积了不少德，估计祖坟都被掘了百十遍了。用我二姑的话说，这几十年来都白活了，做事还是那么欠缺考虑，这一点我随她。

星期四我妈还真去王皓公司打听了，至于有没有打听到我不清楚，但我光知道她去了人家公司，就浑身跟斗筛子似的抖个不停。

于是周末我就去王皓验收的小区等他了，我没别的用心，就是怕我妈在门口堵他，害得他在同事客户面前下不来台。

我就在门外候着我妈，我想要是她敢来，我就跟她硬拼了。站了两个钟头，三月天乍暖还寒，我感觉自己都快成稻草人的时候，王皓出来了。他看见我，脸上全是惊讶，说："你在这儿等了多久了?"

他同事说："没多久，我十点钟来的时候，她就已经在这儿了，你女朋友真体贴，等了你两个小时。"

那个时候，我有点尴尬，我本来想说我是来堵我妈的，但一瞧见王皓那感动得含情脉脉的眼神，就又把话憋了进去。我想我最近老是憋着话不说，是时候找个树洞来释放释放了。

刁嫒嫒就成了理所当然的树洞，她听了我的释放，呸了一声说："王皓昨天还跟我说，你是个好女孩，为了他站在风里痴痴地等，他遇到的北京女孩都特高傲，特拿自己当回事，感情你那天只是为了堵你妈去的，我操!"

这也不怪我，谁让我人品好属性高呢?

2

在我和王皓正式交往的第二个星期，刘光天找我借钱。他说最近自己的兜比脸还干净，同事聚会他都溜边儿，别人问起原因，他就说今天晚上去丈母娘家吃饭，同事个个都夸他是个好男人，可他听着这好男人，怎么都不是个滋味，明明是抚摸，可自己就感觉是耳刮子。

我问他要多少，他说："两千，我都想好了，今天回去就跟史燕摊牌，她这样下去我的脸迟早给丢完，从今天开始我的工资卡必须自己捏手里。"

我就赞扬他："好样的，是个爷们儿。"

结果第二天他就把我叫出来喝酒，神情严峻地说，我想离婚了。

我吓了一大跳，说刘光天你是吃耗子药还是受什么刺激了。

刘光天说："来来你坐下，别蹦跶得那么高，我好好跟你聊聊，这事儿我不敢跟我哥们儿讲，寻思了半天，觉得找个女人讲才不丢脸。你知道吗？我昨儿回去问史燕要工资卡，史燕反问我要工资卡干什么，我就说'你不能让我毫无社交啊，一男人没社交还叫男人？宅男都还有网友呢。'我们交涉了有一个小时，最后达成的协议是工资卡不给我，奖金以后我自个儿留着花。"

我说："那很好啊，你还想离什么婚。"

刘光天说："我话不是还没说完吗，今天我头儿发喜帖，我头儿挺照顾我的，上次发错货了就是他替我解决的，我想怎么着也得包个大红包给他，没八百至少六百得包吧，我就打电话管史燕要钱了，结果你猜怎么着？"

我赶紧问："怎么着？"

他咬牙切齿地说："史燕告诉我她也没钱，我说那行，你从我工资卡里取点出来，明天我就得给我头儿，史燕就说我工资卡里没钱了。我一想也是，我们的钱都在那联名账户上呢，于是我就让她从联名账户上取出来，她说联名账户也没钱了，只剩八百块，取了这个月俩人一块儿喝西北风去。”

我说：“难道这就是传说中的小金库事件即将发生?”

刘光天越说越愤慨，他把桌子拍得砰砰响，说：“是小金库倒皆大欢喜了，我一直以为她替我存着钱呢，结果刚才才知道，每个月她不是买衣服就是买那些乱七八糟的东西，一套护肤品要他妈一千多块，我以前还一直纳闷，为什么我们家每天都有快递员来按门铃送货，还怀疑她是不是跟快递员有一腿。结果人家告诉我，每个月扣了还房贷的钱和伙食费，剩下的钱都花光了，这样下去还过个屁的日子，这老婆丢你你能养得起?”

我说：“那这事儿沟通沟通不就解决了，就跟昨天你和她沟通工资卡一样。”

他说：“汪燃，不是我一大男人在这儿斤斤计较，可买房是我家出的首付，装修也是我家掏的钱，她家一分钱没掏，当初买房的时候我让她和她爸妈商量商量，我们两家一家一半。结果她说：‘我家凭什么赔了人还得赔钱，买房子是男方的事儿，凭什么该女方掏钱。’后来我爸妈一想，算了吧，人家一姑娘千里迢迢地从重庆乡下嫁到北京来，也不能亏待了她，我们家全出就我们家全出了吧。她家一分钱没出，结婚的时候那份子钱还分了一半走，美其名曰这是彩礼，我靠！我说她家里人是不是都是吸血鬼啊，要把我家里榨干了才甘心?!”

我不知道说什么好，这个场合要是说史燕那天找了个一六八的大背头来气我，肯定是火上浇油，但劝他忍让，又觉得刘光天正在气头上，听不进去的可能性非常大。我只能说:“钱不钱的没什么，这种问题以后还是要你们两个人多沟通。”

话音刚落，就看见史燕的身影在门口一晃而过。当时我还以为我眼花了，或者是心理作用，但半分钟后，刘光天的手机就响了。

刘光天是当着我的面接的电话，我只听到他恶狠狠地说了一句“关你屁事”，挂了电话后，我的电话也响起来了。

电话是史燕打来的，我刚放耳朵边上就闻到了她蓄势待发的火药味。她的声音差点没把我电话给报销，又尖又细，跟针扎似的。她说:“你喜欢刘光天就直说了吧，天天缠着他干什么，妈的一骚货，淫妇!”

我被她这骂得一愣一愣的，还没回过神来刘光天就抢了电话过去，只说了两个字“离婚!”

后来我安慰了刘光天足足两小时，回去的时候我想，今后我一定不会管王皓的钱，前提是如果我能和他结婚。

史燕还真是根搅屎棍，我没想到她还跑来我上班的地儿找我了。那天刚好下班，王皓在门口等着我一起出去吃饭，我刚走出大门她就跟从地下钻出来的一样横在我面前。

我现在一看到她那胡搅蛮缠的样儿就头疼，拉了王皓准备快闪，她就一把拉住我的袖子，扯开嗓门大叫："快来看狐狸精啊，这个小三害得我老公要和我离婚，她家男人绿帽子戴那么高了都还不知道哪!"

王皓诧异地看着我，我差点没问史燕刚才是从哪儿钻出来的，地缝的地址给我，我自个儿钻下去得了。

活该我倒霉，正是下班高峰期，来来往往的人特别多，很快就围了里三层外三层。我本来想着她是刘光天的老婆，我好歹照顾点面子不跟她一般见识，但她越来越过分，开始指着我的鼻子骂。

我知道在这种场合下，要是自己辩解了肯定是越描越黑。那句话怎么说的，解释就是掩饰，掩饰就是讲故事。于是我的脸涨得通红，一个字都还不出口。

没想到在我最难堪的时候，王皓居然挺胸而出，他说：“你老公的事儿我都听说了，每个月都被你没收了工资卡，没钱还是我借给他的，你就是一神经病，别说你老公现在没出轨，你这样下去他迟早在外面嫖给你看!”

我当时的表情可以用大吃一惊来形容，那嘴巴张得绝对可以塞一斤棉花进去。关于刘光天的事，我只是在取钱的时候给王皓提了一下，没想到他这么见义勇为。此男只应天上有，为何落地到人间啊。

看客们唏嘘一声，史燕的气势顿时矮了三分，可她依旧不依不饶地说：“没事老缠着我老公，你敢说她心里没鬼?”

事已至此，我也不能做缩头乌龟了，我勇敢地站出来，为了自己的清白，也为了刘光天这些日子受的怨气。我说：“史燕，你也不唾口唾沫照照，你每天就发你老公五十块钱的零用，这五十块钱涵盖了手机费车费水果零食各项费用，你老公受不了了才找我借的钱，你婚姻的问题不是一天两天了，但你从没在自个身上找过问题，还把屎盆子朝别人头上扣，你脑子被门挤过是吧，我要是和你老公有什么，当初还轮得上你？你老公是个好人，你这样对他他还从没出过事儿，我都觉得他是个圣人了，结果你倒好，一好男人被你这样糟践，你还得意扬扬地以为自己御夫有术，做女人做到你这份上，你就从没反思过?”

看客们又是一声唏嘘，史燕今天估计是和我杠上了，红着眼睛说：“我婚姻出了什么问题也轮不着你在那里评论，你昨天给刘光天说了什么我不知道，我只知道，他回来以后，就告诉我要离婚，你说了什么做了什么自己心里清楚，别以为你是本地的就欺负我们这些外地人。”

看客们发出了支持史燕的声音，我听到有人愤怒地说本地人欺负外地人的太多了。我只能继续为自己辩解说：“第一，我从来没有欺负过你，史燕，你当初来北京，住的是地下室，我当时才刚认识你不久，就为你租房的事儿不知道求了多少次我二姑，我二姑才答应把她老房子免费给你住一段时间；第二，那天我和刘光天见面，也没说过你一句坏话，就算说了什么，但我一两句话就能劝你们离婚，那我还在这里工作干吗，干脆去做公司拆分重组得了，多赚钱，嘿！”

史燕张嘴想说什么，但最后还是没说。

在史燕拨开人群走之前，王皓伸出右手来揽住了我，他紧紧地抓着我的肩膀，并且在史燕回头的时候，用凌厉的眼光回看着她。我低下头，这个时候，我突然觉得这个男人是值得依靠的，我要和他结婚。他能保护我，让我不再遍体鳞伤。

后来老刁知道了这件事，她愤怒地在家里翻菜刀，我说：“你别翻啦！你家连锅都没有，还会有菜刀？”

她就停下了动作，然后叹了口气，问我：“那刘光天还打算离婚吗？”

我说：“说不准，一半一半吧，刘光天现在都回他妈那儿住了。史燕太能折腾了，刘光天和她在一起的这两年时间里，朋友几乎都得罪光了。上次他一哥们儿借了他三万块，迟了两个星期没还，史燕还跑去找讨债公司，为这事，两口子差点打了一架。其实最大的问题，就是史燕把钱看得太紧了，刘光天口袋里的钱从来不超过一百块。”

刁媛媛说：“那得，我们改天找刘光天出来聚聚，倾听倾听他的真实想法。说到一百块，上次刘光天可怜巴巴地，要用五张二十换我一张一百，说他太长时间没摸过百元大钞了，想过过瘾，你不知道，那眼神真是可怜到了家。”

关于刘光天的对话就告一段落，接下来刁媛媛和我开始分析我那白马王子王皓，到底值不值得继续恋下去。我说：“史燕在我面前一闹，我对婚姻还真恐惧了起来，婚姻是坟墓这话不只是针对男人说的，对女人也是。”

我单位有一同事，结婚前多会享受生活，多小资，结婚后就成了一黄脸婆，结婚前拎回家的是一袋商场买的新衣服，结婚后拎回家的是洗衣粉卫生纸，怀上小孩后更可怕，那个气质顿时就没了，成天邋里邋遢，生了孩子后完全就是惨不忍睹，整个人肥了一圈不说，为了节约奶粉钱，时装杂志也不买了，只对超市的传单感兴趣，要是商场奶粉打折，她连上班都没心思，一直掰着指头看什么时候下班。

刁媛媛说："其实我听过一句话，也不知道是谁说的，那句话就是，女人，就算不结婚，也要恋爱。你俩就先这样处下去吧，我觉得王皓还是靠得住的，至少像个爷们。"

我还想说点什么，刁媛媛就大手一挥打断了我的话。她说，饿了，先吃饭去。

是啊，再怎么爱得恨得死去活来，也得吃饭。

第二章　婚前出轨夫妻

1

把刘光天约出来真不容易，他自从和史燕分居后，戒心也多了，我一约他，他就警惕地问我："不是史燕让你做的中介吧？别我到了那地儿，看见史燕一把眼泪一把鼻涕地恶心我。"

我就发毒誓说："绝对不是史燕让我约的，要是我骗你，就让我生个畸形儿。"

刘光天更加警惕，说："那万一你没打算要孩子呢？"

我当时就想骂一句"氧化钙"。这词儿是我新学的，氧化钙的化学式是CaO，换成拼音就是常用的骂人口语，可比那口语含蓄得多。我最近得内敛点儿，免得把王皓给吓着了。

刘光天几天不见，就憔悴了许多，刁媛媛挖苦他，说他那眼睛跟被人扔上岸的死鱼一样，呆滞，绝望。

我问刘光天："你和史燕那事儿解决得怎么样了。"刘光天老气横秋地说："离婚呗，这日子确实没办法过下去了。"

我说："不就克扣你几个零花钱吗，能上升到离婚这里?"

刘光天像是下了很大决心一样，说："我就不怕实话告诉你了吧，我和她矛盾太多，知道当初为什么什么都顺着她吗，结婚的时候，她要卡地亚的钻戒，我都不敢给她买周生生的；她说买房子得写她的名字，我还真写了她的，就是因为我做过一件对不起她的事儿，在我和她还在谈恋爱的时候。"

我有点摸不着头脑，也没反应过来，直愣愣地问："什么事儿?"

刘光天看了我一眼，那眼里带着在伤口上撒盐的痛苦。他说："就在我们结婚前三个月，我和一网友聊上了，那个时候史燕在六环上班，一个星期才见一次面儿，而且，还不跟我那个，说要把第一次保留到新婚之夜，远水解不了近渴不说，我还憋得难受，平时就和那个女网友聊聊，谁知道聊着聊着就聊出火花了，有天晚上，喝醉了，就发生了那事儿。"

"我操!"刁媛媛差点没喷死刘光天，她说："感情我还一直站在你这边儿呢，结果你做了这么一件不要脸的事儿，真他妈活该!”

刘光天可怜巴巴地说：“后来史燕看聊天记录发现了，准备和我分手，我怎么也留不住她，后来还跑去她单位找过她几次，她都不搭理我，说和我在一起特没安全感，尽管她不搭理我，但我看她看我的那眼神，就知道她对我还有感觉，于是心一横，就买了戒指求婚了。她当时挺感动的，冰天雪地我站了一个通宵，第二天一早她就下楼来告诉我，她也一宿没睡，结婚她同意，但是以后我挣的钱都归她管，她怕了，怕自己再被我伤害。我看事情有妥协的地步，立马就同意了，谁知道结婚后会发展成这样。”

刁媛媛简直要用眼神把刘光天赶尽杀绝，她说：“我发现我现在完全站史燕那边儿了，刘光天，我要是史燕，我一准切了你，然后去自首，老娘顶多不过判五年有期徒刑，表现好了还能提前释放，你这辈子就完蛋了。史燕太能忍了，对你完全做到了忍无可忍，从头再忍，我佩服她，她就是我偶像，改天我得找她喝一杯去。”

其实在听了刘光天这一番陈述后，同样作为一个女性，我心里也挺偏袒史燕的，不过看刘光天可怜巴巴的样子，还有一想起史燕在我们公司楼下大闹天宫的模样，还是又回到了刘光天的阵营。

刘光天就反驳刁媛媛说：“你懂什么，我开房，是我对不起她，可我已经认错了，也打算让我俩的感情凤凰涅槃浴火重生一回，可她只要一和我吵架就提和网友开房这事儿，往我伤口上撒盐不说，还在经济上把我逼成那样，动不动就跟踪我，只要一有女的和我说话，她就往死了诅咒人家。刚开始，我想这样的忍气吞声也不过一年吧，但我错了，只有愈演愈烈的趋势，完全没有安静下来的兆头，我可不想这样过一辈子。”

安抚大会变成了刁媛媛和刘光天的唇枪舌剑。刁媛媛说：“你瞧你那怂样，有女人肯和你结婚都不错了，史燕还是黄花闺女嫁给你的，现在有几个女孩子能做到清清白白地嫁人啊，你干那么不要脸的事儿，就别痴心妄想自己今后还有什么脸面了，你的脸，早就在你撅着个屁股在野女人肚子上忙活的时候丢光了。”

其实刁媛媛说的话很大快人心，但是作为一个打圆场的技术人员，我还是准备说几句。我清了清嗓子，说：“清官难断家务事，我以前觉得这话特傻，现在觉得说这话的就是一圣人。”

本来我还想继续说下去的，但我想到史燕那天红着眼睛在我面前说，她婚姻出了什么问题也轮不着我在那里评论，我就熄火了。想想，觉得挺心酸的。

这事儿的确挺复杂，一方面刘光天不想继续维持这段有名无实的爱情，天知道他是不是又在外面找了一个，另一方面史燕说要离婚可以，但房子她不会让给刘光天一平米，刘光天还得赔偿她的精神损失，必须净身出户。刁媛媛在这件事上是站明了立场，坚决支持史燕，我则保持中立，反正和我没关系。

安抚大会变成刘光天的批斗大会，最后不欢散场，刁媛媛最后还撂下一句话："刘光天，史燕肯定是爱你的，要不不会咽下这么粗一口气，这口气换我的话，我肯定会憋死。"

后来我把这事儿给王皓说了。王皓听了以后，沉默了半天，说："假如他是刘光天，他就不会和史燕离婚，结婚是很隆重的一件事，不是儿戏，今天说结明天就离，这是关乎一辈子的事情，要不就别结。"

我非常赞同，最近只要和王皓待在一起，安全感就特别浓烈，跟没兑过水的纯酿似的醉人。我妈问我和王皓能不能成，我说希望能成，我妈就炸了庙，嚷嚷自己的闺女多漂亮，不缺胳膊少腿的，工作也有，家庭条件也不差，什么叫希望能成?

我就哑了，憋了半天说："万一您看不上他呢?"

我妈想了想，说："那倒是有可能。"

王皓第一次来我家吃饭，提了一个水果篮，破水果篮可把我心疼极了，要价三百多，我往死里讲价，也才讲下来二十块。

到家后，我二姑也在，她那目光跟监狱里的探照灯似的，没底气得当场就能抱头蹲下。可能是气场太强，目光太凛冽，王皓一进门就把她当成是我妈，把水果篮塞我二姑手里说：“阿姨好。”

我二姑笑嘻嘻地接过了，说：“就给我个水果篮啊，得，也成，汪燃的爸妈呢?”

我马上就夺下我二姑手里的水果篮，大叫：“什么给你的，这是给我爸妈的，谁知道你今儿要来。”

大家都笑了，但都笑得挺不自在。我感觉得到，但我就是装傻啊装傻，你拿我没办法。

我爸招呼王皓坐下，然后问了一些老家在哪儿，是不是以后就准备在这里安家之类的询问。都是例行询问，王皓就如实说了自己的工作单位，家里父母是做什么工作的，还有关于未来的计划。

我二姑越听脸色越沉，虽然一句话没插，但我看得出她一肚子的话想问。

临开饭的时候，我二姑就起身准备走了，脸色挺不好看。她生拉硬拽地把我拖出门，在过道上问我：“不是说他开奥迪吗，在三环还有房子，怎么变成一什么都没有的三无人员了?”

我狡辩："我什么时候说过他开奥迪了，有房子我也没说过啊，你听那些人传来传去，就没传我是嫁给比尔盖茨了。"

我二姑什么都没说，就只是叹了一口气，说："汪燃啊，你跟你妈一样，做事都少根筋，我是怕你吃亏，你妈是运气好，找到了我哥这样的潜力股，不然得兜多大弯子吃多少苦头。我劝你还是考虑考虑，其实嫁不嫁有钱人没什么，但是别找个有负担的，你看他妈一身病，心肝脾肺肾没一个好的，他爸又是在学校门口拉车卖盒饭的，以后你们的负担多重。"

我说："二姑，你别担心了，你看那些女孩子，都说'宁愿坐在奔驰里哭泣，也不愿意坐在自行车后微笑'，可我觉着吧，千金难买真心，难买一笑，我现在和他挺开心的，才不愿意嫁给一有车有房的受委屈呢，天天就以泪洗面，到时候憋出癌症来了，才后悔当初为什么不嫁给能让自己开心的人。"

我二姑还是坚持她的观点："汪燃，你还是再考虑考虑，现在你不愁吃穿，因为你还没在真正意义上独立，等以后你独立了，你才知道一块钱能难死人，你太单纯了，还没吃过苦，所以看不到生活的艰辛。我们单位有个女的，嫁了个农村来的男人，和朋友一块儿去烫头发，别人都烫八百的，她面子上挂不住，一咬牙也烫了八百的，但回去吵得天翻地覆，没过多久就离婚了。你看看这个王皓，他今天来你家第一次吃饭，提几个烂水果就来了，你见过这样的?"

我反驳："那不是烂水果，那是精品水果，还要三百多呢。"

我二姑说："放屁，我以前摆水果摊的时候，这水果篮的成本不超过三十块，从这点就看出，他不仅不会挣钱，还不会计划用钱。"

那天晚上我就失眠了，在床上忽闪着眼睛想着我二姑的话，也不是没道理。但我是真喜欢王皓，他能给我安全感，特别浓烈的安全感，还能把我逗得跟一傻子似的乐呵，但我二姑说，别到时候你真成傻子了，才后悔没听我的话。

想来想去，我还是给介绍人老刁挂了个电话，我把今天的情况如实给她说了，她听了就说："你二姑说的也有道理，站在朋友的立场上，我也劝你考虑清楚，但从你的立场出发，我建议你赌一把，要是什么都安排好了，往预料的方向发展，四平八稳地，那人生还有什么意思?"

我就扪心自问了一把，最后得出的结论是，船到桥头自然直。

扪心完毕，我就安稳地睡过去了。

一个星期后，我去刁媛媛家里拿跳舞毯的光盘，史燕也在，见了我有些尴尬，但还是挺大方地道歉说前段时间的事情真是对不起，她一时冲动。

我也大方地原谅了她，要是没她，我还感受不到王皓给我的那份安全感。

刁媛媛告诉我，刘光天和史燕暂时没能成功离婚，史燕跑去刘光天家，把从前那段婚前出轨的事儿供出来了。

刘光天的父母当时就大惊失色，尤其是刘光天的妈，一耳光扇在她儿子脸上，仰天长啸："丢脸啊，祖宗十八代都是本本分分的人，怎么出了这么一个丢人现眼的?"

她让史燕别同意离婚，再给刘光天一次机会，谁年轻的时候都不免会犯错误。

我听完以后，不免赞叹刘母的犀利，附加一句，女人果然都不会为难女人。

刁媛媛就呸了我一口，说："就你想得那么单纯，史燕要是离婚了，人家不免会问起为什么离婚，要是把婚前出轨这事儿捅出去了，他刘光天面子挂在哪儿？谁家的黄花闺女还敢嫁给他？你以为当妈的不偏袒自己儿子？就你一个人傻。"

这年头，单纯的同义词就是傻，我二姑也这样说，刁媛媛也这样说，让我不得不重新审视自己一次。

现在刁媛媛和史燕完全成了无话不谈的挚友，那模样相见恨晚，老刁让史燕别把刘光天的经济卡那么死，男人都是要面子的，手里没几个钱让人笑话，防备的方法很多，但没必要时时都摆在桌面上做，这样自己不开心，男人也不开心，人都是有逆反心理的，越是不让他做什么，他就越是想做，男人永远都是一青春期少年。最好的方法是不定期的去偷看聊天记录，去营业厅偷打话费详单。

史燕对刁媛媛佩服得简直是五体投地，要是她有尾巴，估计就六体投地了。她说："刁姐，我怎么没早点认识你，就凭你这些话，你都能去开婚姻障碍扫除中心了，你以后的老公一定会被你驾驭得服服帖帖。"

刁媛媛得意的摆摆手回应："这就叫驭夫术，要让他乖乖地把钱交给你。"

我差点没把中午吃的吐出来，刁媛媛一标准剩女跟别人谈驭夫术，就跟赵本山谈自己是为什么这么英俊一样不靠谱。

2

刁媛媛最近遇到一件麻烦事，其实这麻烦事和我也有关。

打死不去相亲的老刁，在别人的盛情介绍下，硬着头皮上了。当对方坐在她旁边的时候，她才发现自己不虚此行。

她的描述是，长得很像吴彦祖，太帅了，太性感了，那嘴唇，那翘臀，哎哟，不说了，说得我脸红心跳又开始想入非非了，哦对了，他家庭条件相当不错，北京本地户口，月入上万，还非常绅士。

我的评价是，好男人不是同志，就是在即将成为同志的路上。

刁媛媛不屑一顾："你心眼怎么就这么小啊，跟刘光天的眼睛似的，难道我找到属于自己的幸福了你不为我兴奋兴奋吗？"

我佯装兴奋："真的啊，你找到自己的幸福了呀？你的幸福打哪儿来，叫什么名儿呀？"

刁媛媛就说了一个让我震得找不着北的名字。她说："叫张启冈，帅，特帅，出场的光芒准能刺瞎你的狗眼。"

听到这名字，我就跟抖筛子似的打摆子。张启冈，别名张老三，就是我大学时期倒追了半年的足球队队长，勉强也算得上我的初恋。硬件不错，可就是红颜知己颇多，每次走在他身边的女人都不是上次看到的那个，他还满脸微笑地对人解释，这是我妹妹。

我当初要不是看他长得帅，鬼才倒追他大半年。

我说："老刁，你别考虑了，此男绝对不适合你，他就是我倒追过的那个足球队队长。"

刁媛媛恍然大悟，说："我说你怎么抖个不停呢，还以为手机掉你裤裆里了，这北京真小啊，北京真是小小小，小得真是好奇妙。"

我说："别唱了，反正他不适合你。"

刁媛媛问我为什么，我说："俩字儿，风流，仨字儿，不挑食，四个字儿……"

刁媛媛又很不耐烦地打断我，说："我就没见他有多花心，上次我们去吃饭，一烟熏妆女人朝他打招呼，他只是微微颔首，矜持得不得了，你知道微微颔首是什么意思吗，量你也不懂，说你是小学文化都是侮辱小学生，哦对了，那顿饭还是他给的钱。"

我说："那是你的幻觉，你就没想想，为什么条件这么好的一个男人，现在还是单身，还靠相亲来寻找另一半?"

刁媛媛反驳："早问过了，他说自己相亲也是被逼的，没想到就遇上我了，这就叫无心插柳柳成荫。还有，我说你听到我恋爱了，怎么特不高兴，难道你暗恋我多年？我一超大龄女青年，难道非要孤独终老你才开心？难道非要你儿子给我捧骨灰盒你才开心?”

这女人，越说越过分。

不过我对张启冈这人，还是持保留意见。倒不是因为我曾倒追过他有什么心结，而是他的确喜欢流连花丛，我怕刁媛媛怒气一上来，真剁了他的重要器官，落得个两败俱伤。

我把这件事诚实地告诉给了王皓听，王皓说：“其实我一点都不介意你的这段往事。”

我脸上的表情立马就冻结，解冻后，解释道：“我是说老刁和他一点也不合适。”

王皓说：“适不适合不是咱们说了算，万一刁媛媛就真能镇住他呢？就像你能镇住我一样。”

瞧瞧，这马屁拍得多自然，简直拍到心窝里去了。最近这小子总是弄得我小心肝乱跳，前几天凑上来亲我的时候，我都没好意思说这是我初吻。一阵牙齿乱磕后，他说：“你把我嘴巴都磕到了。”

我不想告诉他这是我初吻，这年头，连吻都没接过，简直是外星移民者，但我又想让他感觉到我不是吻技不好，于是憋了半天说："找不到人练习，生疏了。"

这句话说完，我们两个都凝固了。

王皓说他准备"五一"回一趟老家。我用那种自己听了都要吐的声音说："你回去了我怎么办捏?"

他说："那你跟我一起回去呗。"

于是跟他回去见家长的事儿就这样拍板了。我高兴得要死，对我妈说："我'五一'要跟王皓回他家，他说带我回去见他爸妈。"

我妈说："瞧你得瑟那样，就跟你来了地球二十七年，终于看到地球人了似的。"

我不屑："你真是学以致用，昨儿才在走进科学普及了 UFO 的知识。"

我爸说："你去归去，嘴巴甜一点，你说话不经过大脑的，还有，给人家父母买点东西，别空手去。"

第二天我就拉着王皓去买东西了。我琢磨着，他妈身体不好，应该买点东西来补补，于是乎拿了一盒西洋参，四百多块，然后给他爸选了一个保温杯，两百多块。我们在沃尔玛待了十分钟，我就掏了六百多块出来。

结账的时候，我又说话不经过大脑地来了一句："嘿，你见我爸妈，一个破水果篮三百块，我给你爸妈买的可是六百多啊，整整一倍。"

王皓许久没吭声，我结了账，扭头一看，他正杵在那儿拉脸子。

出了沃尔玛的门，他终于憋不住气说："如果你要用钱来衡量我们谁付出得多，那你还找我干嘛，我常常穷得捞西北风喝。"

我说："我这不是随口说说吗，你干嘛这么较真。另外，我给的钱多，说明我更爱你。"

王皓更不爽："那你意思就是我不够爱你？"

看到路上的行人开始侧目，我赶紧小声说："你也爱我，可我们能不能别爱得这么高调，你看，大家伙都朝这边望着哪。"

王皓死咬着不撒手："不行，得把这个问题说清楚了再撤，我怎么不够爱你了？你说咱俩联系得太少，于是我每天都给你打五个电话，发十条短信汇报当时是在吃饭还是在拉屎，我对我妈都没这么好，你还要我怎么做才算爱你?”

我说：“王皓，你这话算什么？第一，你要是不愿意给我打电话，咱就不打了，好像谁用刀架在你脖子上逼你打电话发短信似的；第二，你对我好，那是恋人之间的亲密，什么叫对我妈都没这么好，难道今天晚上你亲了我嘴，不亲你妈一个就对不起你妈？这叫什么事儿啊?”

这话说得有些过火了，王皓的脸青一阵白一阵的，旁边有个小男孩看见我们吵架，就站住，一边舔手里的冰淇淋一边抬起头好奇地看我们，还一边看一边笑：“嘿嘿，吵架了。”

“看个屁!”我没好气地挥手做撵鸭子状，谁知道不小心打掉了他手里的冰淇淋。

小男孩哇的一声就哭了，这个时候，一个男人噔噔噔地跑过来，横眉竖目地指责我说：“这么小的小孩懂什么，你一个大人，把气撒到小孩身上算什么?”

我马上低声下气地道歉。

男人还是婆婆妈妈地不依不饶：“你看你把冰淇淋弄到他衣服上了，还不知道能不能洗掉，还有，你把我儿子吓着了，万一晚上回去做噩梦怎么办，还有，你们现在的年轻人，一看就是 80 后，垮掉的一代……"

我长这么大，还没遇到过这么婆婆妈妈的男人，丫估计在家里被压迫得不行了，好不容易逮到个宣泄的出口，怎么会轻易放过。

正当我要反驳的时候，王皓又比我快一步，他怒目看着我，说："你怎么能这样对人家说话呢，下次我们打狗一定要先看主人，记住了你！"

说完就拉着我走了。

他走得有些快，我差点跟不上摔个狗吃屎。但一路走我一路笑，过了许久，他停下来，转过身问我，你笑什么？

我还是笑，我承认我的笑点太与众不同了。

我喜欢你，真的。我在心里说。很小声。

3

"五一"和王皓坐火车去了河北邢台。其实去之前我就做好心理准备了，但看到他家那摇摇欲坠的瓦房，心里还是郁闷了大半天。

王皓在火车上就给我说了，他妈听说我要来，高兴得不得了，他说他这辈子就没见过他妈这么高兴过，为了能让他妈更高兴，他问我："进门的时候，能不能别叫阿姨，直接叫妈?"

我说："好咧，没问题，放心吧。"可进门后，看到一张陌生的脸，上下嘴唇还是分不开，于是就那样抿着，也不叫。

王皓掐了掐我，我终于狠下心来叫了一声妈。

叫完以后，我心里有些别扭，脑子里乱糟糟的，我想这就叫了啊，这算哪门子的认亲啊，史燕结婚的时候叫刘光天他娘一声妈，还收了两千块的改口费，我这倒贴来叫别人妈，要是让我二姑知道，不挖苦死我算我命大。

王皓又拉我到厨房，他爸正在往盆子里盛菜，他捅捅我说，快叫。

我出声："那个，爸，我们回来了。"

王皓他爸直起腰，脸上带着诧异和惊喜，他说："真是，你看，我刚才在厨房里装菜，也没听到你们回来了，耳朵又有点不好使，你看，真是……"

这个年迈的老人脸上有岁月车轮碾过的痕迹，一道一道，沟壑纵生。王皓给我说过，他爸在快四十岁的时候才有的他，老来得子，疼他疼得不得了。

王皓他爸盛完了菜，走出来，满脸是盛开的笑容。他说："我这马上去学校，卖完了盒饭就回来，咱们今天下馆子。"

我心里突然轻松了许多。刚才在来的路上，王皓说他每次回来，都吃他爸卖剩的盒饭。我想吃盒饭就吃盒饭呗，人家那些中学生都能吃的，我也能吃下去。但刚才在厨房里看到他爸装菜的盆子，和我家的洗脚盆没两样，胃里就开始冒酸水。我想，那些学生真是勇士啊，真的勇士，敢于直视洗脚盆里的菜，换成我宁愿吃饼干也不吃这盒饭。其实我这人没洁癖，就是有点心理阴影而已。

王皓说："爸，我跟你一起去吧，两个人麻利。"

我笑嘻嘻地说："我也去。"

王皓说："你在家里陪妈唠唠嗑，去了反而碍手碍脚的，你们大城市来的人，会干什么活啊。"

我撇撇嘴，然后拉过一张板凳。正准备坐下的时候，看到板凳上全是灰尘，犹豫了一下，还是把凳子放回原处，在床边坐下了。

王皓他妈一直盯着我看，看得我怪不好意思的，于是我从袋子里拿出一个苹果，说：“我给您削个苹果吧。”

在找水果刀的时候，我都能感觉到他妈的目光在我背后，跟扫描仪似的来回扫视。最后找到了水果刀，不知道他家是不是从来不洗，上面全是残渍，用卫生纸一擦，纸上的东西我都不敢看。

削完了，递给他妈，他妈说：“你也吃呀。”

我说我不吃。

他妈不依了，说：“你削成一小块一小块的，然后插上牙签，这样好吃一些。”

我就硬着头皮去厨房找了个盘子，然后把苹果切成一小块一小块的放在盘子里，端到他妈面前。

这个动作在他妈看来很自然，跟新媳妇敬茶一样理所当然，可我心里却顿时泪流满面。我终于理解了王皓那句话，那句话就是：我对我妈都没这么好过。

我当时就下定决心，回家了一定要给我娘削一堆苹果，然后再这样削成一小块一小块的，用漂亮的水果叉叉上喂她吃，她不吃我就在地上打滚，直到她吃为止。

在等王皓回来的期间，他妈有一句没一句地问我家庭情况，在哪儿上班，工资开多少，家里有没有房子，父母是干嘛的，还说北京人几乎都有两套房子，一套自己住，一套出租，一个月光是收房租都收到手软。

我有些尴尬，如实告诉她，我爹娘都是工薪阶层，家里只有一套房子，我在一家公司做会计，一个月一万多。

“哎哟，一万多，不得了啊，做会计的每天都在办公室里，北京的办公室都有空调吧，他爸每天卖盒饭，风吹日晒的，也不过挣三四千块钱糊口，一大半都给我买药了。”他妈说，“我家儿子真是有福气。”

我有点郁闷。其实我是刚从出纳转成会计的，之前在另一家单位做出纳的时候，每个月只有四五千，一样是风吹日晒地去交税，存款，满城跑，每天就算天上下刀子了也必须去银行存现，沙尘暴来的那几天，我回家就能抖个撒哈拉出来。四五千在北京能干什么啊，半年去淘一次动物园都算奢侈的行为。

他妈说：“王皓一个月的钱还没你多呢，北京的房价特别贵啊，我听说一个平方要五万多，王皓的工资不够他在北京买房子的，只有你给他帮补帮补了，我听说房产证上写男人的名字，房贷的条件就会放宽些，以后房贷就写王皓的你看咋样?”

我听着这话特别不是味道。我和王皓只是男女朋友，还没把结婚放上日程，怎么就谈到买房子的事儿了？还有什么叫帮补，帮补的意思就是房子写他儿子一人的名字，我只是个帮忙出钱的?

中午一点多的时候，王皓和他爸回来了。我想终于能吃饭了，欢呼，撒花。王皓说：“今天剩了这么多菜，咱们凑合着吃了吧，要不多浪费。”

我看着脸盆里的那些菜，全是残羹冷汤，王皓还把菜都扒拉进一个盆子里，我当即就控制不住大叫：“你都扒拉到一块了，怎么吃呀?”

王皓疑惑地说：“我打小就这么吃的，有什么问题吗?”

我指着菠菜和豆腐，很认真地说：“菠菜和豆腐不能一起吃，会长结石。”

王皓说：“那你就吃菠菜，我吃你豆腐。”

换成平时，我一定要打他，然后娇羞万分地说，你可真坏。可现在，我看着盆子里的菜，怎么也笑不出来。

吃饭的时候，王皓他妈说：“闺女，今天晚上你挨我睡，家里还有一张床，让王皓和你爸挤挤睡小床。”

我啊了一声。我看了看那床，被单都成灰色的了。我就想起临走前老刁说的：“他妈不管怎么刁难你，你都别爆发，那是考验，懂吗？考验！”

可凭什么就我要被考验，史燕第一次去刘光天家的时候，他妈差点没带她去人民大会堂吃国宴来着，人家睡的是刘光天家里的单间，还埋怨被子不够暖和，我现在连屁都不敢放一个，真窝囊！

我不好意思说我一定要出去住，只能憋着不吭声。

吃了一碗饭，王皓他爸不顾我的哀求，又给我弄了一碗，我吃着大杂烩，心里默念着，这是考验这是考验。

到了晚上，我哭丧着脸和王皓他妈睡在了一起。尽管穿着睡衣睡裤，但枕巾的那味道还是直朝我鼻子里钻。从小我就不喜欢闻别人的被子味道，跟条狗似的，还认味儿。

那天晚上我一直没睡着，翻来覆去地安慰自己说，还有三个晚上，三个晚上就解放了。

那几天，我过得是异常的压抑，回到家的时候，乌黑的眼圈把我妈给吓了一跳。

我回到家后，想了很久才给老刁打电话。刁媛媛是个标准的女权主义者，感情上的事听她的，有害也有利。按照我的经验，一般来说，弊大于利。

这次我是真拿不了主意了，只能打电话给她。

我就一五一十地告诉她，我在王皓家里很压抑，一点也不开心，想到以后逢年过节就得跟他回家，简直是堪比下地狱。

刁媛媛没经历过婚姻，但她在这方面的道理一套是一套的。她说："你以后是和王皓一起生活，北京和他们住的地方老远的，一年也来不了几次，所以他妈再怎么不识大体不会说话，也碍不着你们什么，当然，前提是王皓有基本辨别是非的能力，不是愚孝。"

我说："可我想分手，我现在一看到他就想起那四天地狱一样的生活，吃的是他爸卖盒饭卖剩的，他妈还跟审犯人一样审问我，王皓他丫的一句委屈你了都没讲，我就……"

刁媛媛说："那你都有分手这念头了，还来找我干嘛，亏老娘还给你讲那么多道理。分就分呗，又不是找不到第二个了，谈恋爱，又不是一定要结婚，你们俩还没那啥啥过，分得更利索。看来他就是愚孝，凭什么你去他家就是剩菜剩饭，他来你家的时候就是大鱼大肉？不就为了省那几个臭钱吗，他少了这一两百块钱就买不起安全套了？分手！分！”

我说：“你别激我，我可真分了？”

老刁说：“你这人真是婆婆妈妈的，分手就是要快刀斩乱麻，别拖泥带水的。既然你觉得他不适合你，那就分手。”

不适合，这是一个强大的万能理由。分手的时候，十个人就有九个的理由是“我们不适合”，想不到今天我也用上了。

我说：“说实话，我真想不通，为什么史燕嫁给刘光天是风风光光的，我就跟上西天取西经似的受尽考验；史燕收了改口费才叫的妈，我一分钱没收；史燕第一次去刘光天家就收了两千块红包，我还吃剩饭剩菜；史燕……”

刁媛媛打断我，“你为什么老跟史燕比？别告诉我你垂涎刘光天二十多年了啊。那行啊，你赶紧分手去，刘光天这种劈腿男一抓一大把，等着您哪。”

你大爷的，我垂涎楼下卖报的大爷也不会垂涎刘光天！

我睡觉前想了很久，其实我喜欢王皓是真的，虽然还谈不上有多爱，但能给我安全感的，他是第一个。

第二天，王皓在网上问我晚上怎么安排的时候，我就回复他，我们分手吧。

王皓说，好!

我就关了 QQ，然后暗自神伤。我又回到事儿妈 + 剩女的年代了。

正难过着，王皓就打电话来，问我怎么不吭声就下线了，到底今天晚上去哪儿约会。

他当我是开玩笑。在办公室里，我不好直说，说了那些事儿妈一定如潮水一般涌来，面带遗憾地问怎么回事啊，其实心里在很阴暗地猜测分手原因，就差没开盘赌一手了。

上次我们财务部一女的离婚，赶上销售淡季，在大家都在纷纷猜测的时候，销售部的头儿竟然坐庄，让我们财务部和销售部的押离婚原因，大家纷纷下注，婚外恋一赔二，婆媳原因一赔三，夫妻生活不和谐一赔四，最后由于押婚外恋的太多，婚外恋改为一赔一，于是大家大呼“不民主”“不公平”“有黑幕”“一点也不和谐”云云。第二天买了一赔四的人鼓起勇气问了当事人离婚原因，才知道销售部头儿是大赢家，人家离婚是为了买房子，房子买了就复婚。

于是这件事让我彻底落下了心理阴影，打死也不在公司公布自己的私生活。

我只能随便说了一个地方，然后打算今天晚上就面对面地分手。

晚上我们在一咖啡馆里碰头，王皓坐下后，还直埋怨为什么来这么贵这么小资的一地儿，当真是工资翻了一番了，钱在口袋里烧得慌。

我说："今天我是有话要对你说。"

他漫不经心地问："什么事?"

我说："我们还是分手吧。"

他还是没相信，说："分手也得吃分手饭啊，这咖啡能填饱肚子吗？扯淡，走，哥带你去吃白米饭。"

我看着他的眼睛，很诚恳地说："我说的是真的。"

"真的?"

“真的。”

他就不吭声了。过了一会儿，他问我，为什么？

我就搬出那个万能理由来，我们不适合。

他又不吭声了。又是过了一会儿，他说：“你刚和我回来，就提分手，傻子都知道你是嫌我家穷，分就分吧，有什么大不了的。”

我说：“我和你分手，并不是因为你家穷，是因为我发现我们的生活背景确实有差别。”

他冷笑一声：“你以为你家是什么殷实家庭，除了富人就是穷人，我们的生活背景有什么差别？说到底你还是嫌我家穷。”

我张了张嘴，发现自己表达不出内心的想法，为了避免越描越黑，我只好拿起包，对服务员招手，埋单。

服务员跑来，看到我们桌子上什么都没有，小心翼翼地问：“请问你们有单吗？”

我才恍然大悟原来我们还没来得及点东西，就分道扬镳了。

很多时候，我们所想象的爱情不是纯正的，掺杂了太多的因素，比如生存的压力，攀比，舆论，等等。任何一个都可以了结我们私以为强大无比的爱情。最后毁掉爱情的，不是别人，正是我们自己。

这个时候，我多想活得简单一些。

第三章　未婚妈妈

1

我失恋了，因为是老刁怂恿我分手的，所以必须得让老刁给我疗伤。所以在周末吃饭的时候，我对老刁提出了这个想法。

刁媛媛觉得自己很无辜，她当时只是说了那么几句不痛不痒的话，我就把屎盆子扣在她头上了。

她说："姐姐这些天没时间陪你，你去找刘光天和他老婆打发时间吧，姐姐要去约会。"

我说："你和张启冈怎么还真在一块了？那家伙是真的浪子，你收拾不了的。"

她继续嗤之以鼻："浪子？你就往黑里抹吧，人家还是个处男，到现在都还在修炼五龙抱柱。”

我傻傻地问：“他还痴迷中国武术?”

刁媛媛笑得极其夸张，连连拍掌说：“真清纯啊真清纯，连五龙抱柱是什么都不知道？我说汪燃你多大了，何必在我面前装呢?”

我被她笑得极其郁闷，就转头问史燕什么叫五龙抱柱。史燕艰难地给我形容说，五条龙，抱着柱子，上下游动。

我还是不懂。看到旁桌的人都在看我，刘光天小声地说：“别告诉别人你认识我们，五龙抱柱就是打飞机。”

我听了，默默地往嘴里塞了一块土豆，以此来塞住自己的嘴。我突然有一种大骂刁媛媛的冲动，丫是我见过最不厚道的人，王皓是她给我介绍的，又是她让我分手的，现在还因为我不知道什么是五龙抱柱而取笑我，还借题发挥挖苦我清纯。

男人说女人清纯是赞扬，女人说女人清纯就是挖苦。还有，女人在恋爱的时候，智商是负的，张启冈是处男？三岁小孩都不信的话，刁媛媛居然听得进去。

我往嘴里塞了四五块土豆，还是憋得难受，咽下去也无济于事。我只能站起来，对刁媛媛说：“刁媛媛，你丫的迟早要被张启冈玩成残花败柳。”

说完我就走了。

走在街上，我心里憋得难受，想打个电话倾诉倾诉，但把手机里的联系人翻了三遍，发现除了刁媛媛，我就只剩下王皓能说心事了。

可是现在怎么去找他，分手是我说的，我还没当二皮脸的习惯。

不是故事的结局不够好，是我们对故事的要求过多。

我满街转悠，最后用购物泄愤。在买了一件一千多的衬衣后，对人民币的心疼迅速盖过了失恋的打击，以及刁媛媛给我的打击。

我突然觉得我很悲哀，二十七岁了，一无所有。

在街上，我接到我二姑的电话，让我帮忙给她找个装修公司装修房子，她去了几家装修公司，听她说是装新房，都使劲地往上抬价钱，一个比一个夸张。这事儿还得从去年说起，我二姑的儿子汪特翰，也就是我堂弟，大学时候交了个女朋友，一毕业就嚷嚷要结婚。我二姑特不待见那女孩，说一看就是个小骚蹄子，成天浓妆艳抹，穿个衣服极其暴露，汪特翰不知道是哪根筋搭错了才被她迷得七荤八素。后来我二姑还是按揭了一套房子，名义上是给她儿子娶媳妇用，但房产证上写的却是自己的名字。

我就去了我二姑家，反正我也无聊。刚到家，敲了很久的门，我二姑才来开门。她开了门后，我看到她的脸上乌云密布，朝里面一望，汪特翰和他未婚妻都在。

我一进门就闻到了硝烟的味道，我二姑抱着胳膊坐在电视柜上，汪特翰和他未婚妻坐在对面的沙发上，跟武林大会两大阵营高手对峙似的。我进了屋就媚笑，大家好，结果没一个人搭理我。

我二姑说："结婚可以，但房子是我出的钱，就得写我的名字。"

那姑娘还挺不高兴："行啊，既然房产证上写了你的名字，那装修你就负责了，贷款也你还，凭什么要我们做这种看不见的善事，到时候你把我们撵出去了，我们还义务给你装修来着，被卖了还帮你数钱，没门！"

看来之前两个人吵得挺厉害，我二姑说："装修费就几万块，我让我儿子出，关你屁事，你当自个儿是凤凰，我们都求你嫁进门啊，你住的是我的房子，我现在是行善把房子给你住，真撕破脸了，收你房租也不是没道理。"

姑娘说："谁稀罕你那一室一厅，你心里不就是想如今婚姻法改了，结婚五年后，婚前财产转为夫妻共有财产，对啊，婚前财产也不保险了嘛，干脆写自己的名字，你儿子都给我说了，你私下没少说我的坏话，我今天说这些，就是因为我已经忍够你了，要不是我爱特翰，你算哪根葱?"

姑娘很犀利，我二姑这些年的饭也不是白吃的，她冷笑一声："你们这些小年轻，拿着鸡毛当令箭，口口声声说什么爱情，结果还不是只看眼前利益，你要是真爱我儿子，你就别想着以后离婚了分不到财产的事儿，我死了这些东西全是我儿子的。还没结婚就想到离婚的事儿了，说出去谁相信你真爱我儿子?"

我表弟在沙发上坐着，一个一米八个子的人，在两个自己协调不下的女人面前，显得尤其矮小。我二姑和那姑娘还在你一句我一句地打嘴巴仗，当那姑娘说道"我不会离婚，但不代表你儿子以后不会犯错"的时候，他终于忍不住了。

汪特翰跳起来，涨红了脸，脖子上青筋迸出，大叫："吵个屁啊，钱钱钱，你们他妈的就只知道钱!"

他对那姑娘说："既然你他妈的觉得我靠不住，那还结个狗屁婚，今天咱俩就拜拜了吧，省得你他妈的成天提心吊胆的。"

然后转过去对我二姑说："她不肯吃亏，你也不肯吃亏，也不让我出钱，那房子放把火烧了吧，你们两个成天跟两只苍蝇一样，背着对方在我耳边嗡嗡嗡，我私底下告诉你们，想让你们都收敛点，别把我夹在中间，两边都不是人，结果你们都不听，如果结了婚他妈的天天都这样的话，那我这辈子都不结婚了，他妈的，爱跟谁过跟谁过去吧！"

说完就把门一摔就走了。姑娘愣了愣，赶紧抓起包追出去，我二姑刚开始岿然不动，但等姑娘出了门，马上就开始抹眼泪，像是自言自语，又像是对我说："他这样迟早把我气死。"

我了解，汪特翰爆粗口，肯定是我二姑受的伤要重些，那里面夹杂了多少对妈的问候。

其实我挺想追出去看看的，但想到我二姑一个人在这儿，只好在旁边坐下，说些不痛不痒的话宽慰她。

我想，刘光天还真讲对了，婚姻如画皮，爱情似梦遗。

最后我拿着房子的户型图复印件出了门，先去找了一家装修公司，一问，主料辅料全包，简装，大概要七八万。

我疑心这报价有些高，权衡了半天，还是把王皓的电话翻了出来。

王皓挺爽快的，说晚上就去现场看房子，看了再说。按照我二姑的要求，三万块装下来，应该不是问题。

在电话里听到王皓的声音，我有点落寞。我想，晚上见面那得多尴尬啊。

晚上我和我二姑到了小区楼下，王皓已经在那儿等着了，他手上还有一根烟，在黑暗里忽明忽暗。

我说："你还会抽烟，我怎么以前不知道。"

他笑了笑说："偶尔抽，在你面前不抽而已。"

我以前一直觉得我们之间的关系，有一种说不出的不自然和僵硬，现在终于知道，我们太过于在乎在彼此心里的印象，把最重要的东西给丢了。

王皓在房子里转悠了又转悠，并且认真听了我二姑的想法后，说："主料辅料我帮你买，这都不是什么大事，七八万太夸张了，全部装完，大概也就是个三四万的样子，如果你真要装，我今天晚上就给你做效果图。"

我二姑犹豫了一下，说："行，你先做个效果图看看吧。"

我知道她对王皓不放心，这份不放心并不是来自王皓现在的设计师身份，而是来自之前的前男友身份。

回去的路上，她告诉了我她的疑虑。她说："他会不会报复你甩了他，全给我上最次污染最大的料吧？"

我想了半天，说："按我对他理解，应该不会。"

因为这是王皓私自接的活，所以他给我打电话，告诉我别让我二姑去他公司找他，要是公司知道了，一个是接私活要挨罚，二个是层层抽成，费用就上去了。

最后他说："当然，你二姑可以装成路人，来我们公司打听打听价格。"

我说："我二姑不会去的，我们都相信你。"

他说："那行，后天我把效果图给你。"

我二姑还是不放心，让汪特翰去了一趟王皓公司，打听到的价格让她又放了心。我说："二姑你这样把心悬上去放下来的，忽上忽下，累不累，你当你是电梯啊？"

我二姑说："王皓是个踏实人，我多心了。"

我嘀咕：“您心脏都成孙悟空了，不仅会七十二变变电梯，还会多几个出来。”

王皓把效果图给我的那天，我请他吃了一顿饭，点菜的时候，我让他点，他让我点，两个人僵持不下，旁边点菜的服务员不耐烦了，说：“你们决定好谁点了叫我一声。”

我说：“嘿，你这什么语气，整个饭馆就我们这一桌，你有什么忙不开的?”

点菜的服务员撇撇嘴，没说话了。

于是我点了一个菜，王皓点了一个菜，最后还要个蛋花汤收工。

等了半个小时，对着厨房喊了无数次师傅快点，菜还是没上来，我就准备问问点菜的服务员怎么还没上菜，谁知道四下一望，鬼都没一个。

王皓说：“别找了，在外面看打架的正是。”

我一看，伙计正在外面看打架，伸长了脖子踮着脚努力地往前凑。我说：“这饭看来是吃不成了，我们走吧，重新找一家。”

走出门后，点菜的服务员扭头看到了我们，赶紧上前来拦住，说："菜都下锅了，你们得付钱。"

我说："我们没吃凭什么付钱?"

点菜的说："我们这里就这个规矩。"

王皓插嘴："你们服务态度有问题，我们都没吃为什么算我们的单?"

点菜的服务员白了他一眼，说："打个比方，你把一个女人肚子搞大了，非要生下来才算你的种?"

王皓有点小怒了，揪住点菜的服务员领子说："我搞大谁的肚子了？算什么种？嘴巴放干净些!"

看旁边打架的人里，有人叫了一句："这边的也打起来啦!"

于是人群呼啦一下转向涌过来。点菜的服务员说："你就算杀了我也得把饭钱给了。"

众人噢了，原来是吃霸王餐的。

我像解说一样，对人群说："我们的菜点了半个小时还没上，连菜叶都没见着一片，凭什么给钱?"

这个时候，人群里又有人大叫："这边打出鼻血啦!"

人群又呼啦一下转向。

在转来转去几轮后，警察赶到了，他把我们当成聚众斗殴的，拉在一块审问。

我说："这个饭馆的伙计先出言不逊。"

另一对打架的说："我们没事，好兄弟，吵架了而已。"

旁边那个流鼻血的赶紧抱住曾经给过他一拳的好兄弟，说："好兄弟好兄弟。"

警察不予理会，说："身份证都给我拿出来。"

我想完蛋了，人家好兄弟，对比之下，进局子的准是我们。

可是好兄弟的其中一个迟迟不拿身份证出来，说："身份证忘在家里了。"

警察说回家拿。

他说："我钥匙都没带。"

为了把重点转移到这对好兄弟身上，我说："切，别是不敢拿身份证出来，该不会是通缉犯吧？"

警察深深地看了我一眼，然后拿起对讲机正准备张开嘴巴说话的时候，好兄弟俩人拔腿就跑，还把一个老太太给推倒了，一个壮汉大叫一声："敢推我妈，站住！"

人群又沸腾了。估计他们都觉得今天这出热闹简直是迂回曲折，扣人心弦，完全值回票价。免费的大片，当然要看完。

于是接下来人群和壮汉一路奔跑，场面浩浩荡荡，前面还有警车开路，只剩下我们和点菜的服务员被这剧情震撼得完全呆滞。

有个路人经过，好奇地问身边的人："怎么今天是马拉松比赛吗？"

点菜的服务员说："我不收你们全款了，你们至少得付一半的钱吧，你看，菜都上桌了。"

我和王皓转头一看，菜果真上桌了。我真佩服厨师的坐怀不乱，要是正常人，早都关火出来看热闹了。不知是何方的真人，隐居在这个小饭馆，不闻窗外事，看破红尘纷扰，处变不惊地继续烹饪。

或许他烧的不是菜，是寂寞。

我就感慨："你们的厨师……"

点菜的服务员赶紧说："我们的厨师是个聋子，催他他也听不到。"

对厨师的盲目崇拜顿然消失得没有踪迹。

王皓说："算了，菜都上了，趁热吃了吧。"

第二天，王皓在网上发给我一个链接，我打开一看，是一条新闻，新闻的标题是"数百群众协助警察捉拿通缉犯"。

那两个好兄弟其中一个还真是通缉犯，杀了老妈后又杀了老婆，最后想到大隐隐于市，隐到北京来，暂居在自己朋友家里。刚开始说好了一人买一天的菜，结果这次拖了两天没买菜，两个人就在街头打起来了。

我就唏嘘了一整天。

2

我和刁媛媛僵持了半个月，谁都没跟谁说话。刘光天说："那天你那句话真把她给伤着了，她二十九的高龄，年纪这么大了，好不容易谈一次恋爱，你居然诅咒她。"

我说："她也不能骂我啊，这年头，说人清纯就等于骂人装处。"

刘光天大惊："你不一直都是处吗？"

我说："哎哟，真疼。"

刘光天问："怎么了？"

我说："没怎么，搬了块石头，不小心把自己脚给砸了。"

晚上王皓叫我出来，说陪他去逛逛。正好我和刁媛媛闹翻了，总不能天天缠着人家有妇之夫刘光天吧，就和王皓一块去压马路了。

我们俩像压路机一样把西单压了一遍又一遍，王皓说："真倒霉，给你们做完效果图，我的电脑就罢工了，天天回家就数攒下的一罐子钢镚玩。"

我说："你可以看电视。"

他说："我们那里的电视常年被一个女的霸占，除了韩剧还是韩剧，我那房子里整天都充斥着各种思密达。"

我说："那你寂寞了可以抽烟，可以去超市捏方便面。"

就这样一句没一句的聊来聊去，最后，王皓说："我请你去喝一杯怎么样?"

我说："好。"

那两天心情不大好，就单位上几个事儿妈拿我老是超龄处女的事情取笑，还有和刁媛媛闹翻了，我就多喝了几杯。那酒不是一般的烈，我去厕所吐了好几次。最后吐得连我妈叫什么名儿都想不起来了。打车回去的时候，王皓说："你没事吧，我先送你回家得了。"

我说："不用，先回你家。"

其实我的意思是："你先顺路回你家，我自己回去就行了。谁知道王皓理解错误，把我连扛带背地弄回了他的家里。"

不得不承认酒后乱性，估计王皓当时也有点，他压上来的时候，我模糊地记得是想推开他，但手却紧紧地揪着他的领子。

那天晚上稀里糊涂地就结束了我的第一次。然后稀里糊涂地睡到天亮。

第二天早上，我悔得肠子都变色了。起床的时候，我蹑手蹑脚地，生怕把王皓惊醒。我想我就这么完蛋了啊，要不是刁媛媛跟我闹翻，得，又把屎盆子扣人家脑袋上了。不过要不是我没地儿打发时间，我还不至于这样把自己送到人家床上，我和王皓可是分手了的，现在这算什么？一夜情?

我知道王皓已经醒了，刚才感觉背后有目光，转身，他又赶紧地把眼睛合上了。小女子不才，就是眼睛特好，捕捉到了。

可能他也觉得有点儿尴尬。

说句心里话，我对王皓还是有感觉的，酒后乱性这个说法都是用来糊弄自己的，如果酒后真能随随便便就跟人上床，那强奸犯干脆全去酒吧外面蹲点得了，还不会判成强奸。

想到这里的时候，我已经走到楼下了。

我想找个人倾诉倾诉，失去了老刁这个树洞，我发现我成了一段枯木，偶尔逢春，转瞬即逝，更加失落。

我努力回想了一下昨天晚上的细节，然后就发誓再也不喝酒了，我喝酒闹出的事儿太多了，比如给张启冈打电话哭诉，比如在大街上睡了一夜，还有一次在大街上抱着一个路人的大腿痛哭失声，还好那人比较正派，把我送回了家，回家就挨了我妈一巴掌。

这次是酒后失身。我珍藏了二十多年的东西就没了，那种伤感简直无法用语言来形容。真是司马懿那句话应了景：我一生只挥一次剑，磨剑却磨了几十年。

伤感，伤心，伤悲，伤痛。

我也没好意思再联系王皓。回家后，进门就迎接到一只拖鞋，我没躲开，砸在我的脸上。那是我妈朝我扔的拖鞋，还大骂我翅膀长硬了，整晚不回家还通宵关机。我说没电了自动关机，有什么办法？

我妈说：“你就野去吧，看你那德行，也野不出什么名堂。”

我血管里的血液飞速地流动着，让我差点脱口而出说：“谁告诉你我野不出名堂，我昨儿晚上破处了！”

想了想，运了运气，手掌缓缓把气往下压，还是没说出来。

这个家待不下去了，只能逃到我二姑家度过郁闷的周末。

我说：“二姑，最近单位上出半年报，忙，房子的事儿你自己联系王皓。”

二姑说：“行。”

我又八卦地多问了一句：“最后那房子的装修费谁给？”

二姑说：“老娘出，小兔崽子的钱被妖精扣下了。”

我说：“二姑，这就是您的不对了，您骂他是小兔崽子，那您就成了老兔崽子。”

我二姑想想：“也对。”

没过几天，王皓给我打电话了。我看到那个名字就心惊肉跳，摁了他的电话后，想了想，还是给他打了回去。

他第一句话就是我会对你负责的。

我说不用。

他说："再给我一次机会，燃，我爱你，我才发现我早就爱上你了。"

这话有点自相矛盾，早就爱上了，为什么才发现?

但这句话对于一个失去了初夜的大龄女青年来说，还是极有安抚力的。力度强大，堪比去泰式理疗做马杀鸡。

王皓说："不如这样，我们再试着交往一段时间，假如你发现还是不能接受我，我就彻底信了'有缘无分'四个字了。"

这个……我有些犹豫。其实我心里还是想复合的，但我怕王皓是因为这件事才和我复合，那我们迟早也会再分开的。

他又说："我给你时间考虑。"

我他妈最烦考虑这俩字儿，一听到这俩字儿就忍不住爆粗口。原因无数，有暗恋表白，对方说考虑考虑，还有面试毛遂自荐，考官说考虑考虑，更有一次内急上厕所，我排了二十分钟，终于憋不住催里面的人快点，里面的人竟然说考虑考虑。虽然后来事实证明，里面的人在讲电话，但我因为这些大大小小的事儿恨透了考虑考虑四个字，光说考虑杀伤力尽管减半，仍然让我痛恨。我就发誓绝不会对人说："我考虑一下，我考虑考虑。"

只要带这俩字儿的句子，绝不会出现在我人生里。

我顿时就对王皓说："好，没问题，我们重新开始。"

在我答应了王皓后，我二姑房子的装修以惊人的进度完成了，让她忍不住赞扬说："王皓这小伙子人不错，挺实诚，除了家庭条件不好，其他的都还行。"

贿赂，赤裸裸的贿赂，我二姑竟然没发觉。

王皓后来告诉我，其实他在见到我第一眼的时候，心就动了，从前他根本不相信一见钟情这个说法，但他第一眼的的确确就已经喜欢上我了，只是碍于爷们的脸面，不肯掏出心窝子表白。

这话说得我挺开心的。

又是过了几天，在半年报表做完后，刁媛媛竟破天荒地主动对我求和了。她提着一只老母鸡来我家，把我堵在床上，说："汪燃，你说得对，张启冈是个骗子，前两天我对他的能力进行提前验收的时候，发现他竟轻车熟路。"

我是第一次看到刁媛媛为个男人哭，还哭得出了声儿。

她说："这没什么，关键是他还叫出了另一个名字。"

我说："把他踢下床。"

她说："叫出了另一个名字没什么，关键是第二天开始就再也联系不到他了。"

我说："联系不到更好，你就当免费叫了个鸭。"

她说："联系不到也没什么，关键是我发现我有了。"

我勃然大怒："老刁，你究竟还有多少个关键，能不能别像挤牙膏似的说话。"

她说："没了……王皓是个好男人，我祝福你们。"

凭老刁的知识面，绝对不可能犯这么低级的错误。果然，她承认，是故意不做措施的。还说一定要生下这个孩子。

最后，她拜托我替她去告诉张启冈一声。

我有些火大，说："老刁，我谢谢你啊，把这么艰巨的任务交给我，你认为你这招管用吗？别以为提只老母鸡来，我就帮你做这种事。"

她又抽抽搭搭地说："那只鸡不是提给你的，是我买来给自己补身子的。"

我就更加火冒三十丈。我发现自从和王皓那晚过后，内分泌就有点失调，动不动就火大。

但我还是去见了张启冈。我并不是去告诉张启冈，恭喜你，生殖功能正常，那么多年，还是一头标准的优质种马，而是让他负起责任来，对一颗真心能真正地负起责任。男人是否成熟，不是看生殖器，而是看能不能承担责任。

和他比起来，王皓简直是个纯得不能再纯的爷们儿。我有些宽慰。

去痛骂张启冈的那天，正好是王皓的生日。我想，能不能改在明天痛骂，但还没开口改日期，张启冈就说，他明天一早的飞机，去云南做项目。

我问他什么时候回来，他说："说不好，一个月到半年都有可能，也许还要待上一年。"

一年？刁媛媛肚子里的蛋都孵出小鸡来了。我就忍痛对王皓撒谎了，我说："今天晚上总公司来人盘点，盘点完了我就来找你。"

他一口应允，不带任何怀疑。

晚上去见了张启冈，见之前给王皓打了一个电话，王皓说：“我在家里等你啊，哪都不去，就等你。”

我有些感动，但任务在身，赶紧解决了再说。我就把手机放在屁股兜里，推开门就看到张启冈。

这是阔别六年再见张启冈，丫还是那么恶心，油头粉面，属于那种放上网的照片用 PS 液化模糊叠加处理了无数次才放上去的那种。我一屁股坐下，他就开门见山地说：“我知道你来干什么。”

我说：“干什么不重要，反正不是干你。”

他嘴角抽搐了一下，随即马上恢复正常表情，说：“刁媛媛让你来的吧。”

我断然否认。

当然要否认，老刁的形象一直都是硬朗派，绝不会做出这么柔弱丢人现眼的事。

他说：“那是我多虑了。”

我说：“张启冈，你多大了?”

他说：“二十九。”

我有些纳闷，问：“你怎么比我大两岁？”

他说：“高考落榜，复读一年不行啊？”

我说：“复读了一年你才考上我们那个破学校，看来你这人的智商一般般嘛。”我读书的时候成绩就算差的了，没想到我对面这个人的成绩比我更差，真是自信心立马爆棚啊……

很快，我就发现自己扯远了，就言归正传，说：“你都二十九的人，没考虑过结婚？”

他说：“废话，我当然想过，不过年轻的时候该玩就要使劲儿玩，到了三十多岁，玩累了，找个良家妇女结婚，从此变身绝种好男人。”

我说：“你玩儿的定义是什么？”

他就看着我嘿嘿地笑，四下望望，把手竖起来挡着嘴巴小声说：“不瞒你说，我当时想把你骗上床的，但你那天晚上打电话给我说你是初恋，我这人有个原则，就是不碰处女，处女太麻烦了，估计还要折寿，于是我第二天就消失在你的视线里了。”

我说：“操你大爷的。”

他又笑，这回不用手遮嘴了：“你可得把你的处女之身留着啊，我听说你到现在还是完璧之身，假如我玩累了，而你还是这么贤良，咱俩就结婚。”

我说：“你去死吧……”

这个时候，我的手机在我屁股口袋里抖了两下，我以为是短信，就顺手抽出来了。谁知道一看见屏幕，我两眼顿时发黑。电话是刁媛媛打来的，因为是呼叫等待，所以才会振动两下，而保持通话的，正是王皓。

我不知道该怎么办，只好看着屏幕说：“张启冈，我真希望你家的户口本从此注销。”

我拿起电话，对仍然在接听状态的王皓喂了一声，那个时候，我多希望我裤子的隔音功能够好，王皓什么都没听到。

王皓说：“不打扰你了，是我蠢，居然相信你加班的话。”

我说：“事情是这样的……算了，我明天一定把来龙去脉讲给你听，现在电话里讲不清楚，你别误会我，我不是那种人。”

刚说完，王皓就把电话给挂了。

我诅咒张启冈这样的男人死一户口本。

我说：“张启冈，刁媛媛有孩子了，你的，你得意了吧，恭喜你当爸爸了，刁媛媛要把孩子生下来，你去死吧，死之前把单买了。”

说完我就哭丧着脸走了。

王皓怎么也不接我的电话，我发了无数条短信给他，在发到第N条的时候，他回了一句：“你继续演下去吧，还装处女。”

我最恨这种男人，完全不讲道理，好说歹说都不听，非要五花大绑在老虎凳上堵住嘴巴才听别人解释。我哪里装处女了，只是我还没来得及告诉张启冈我已经非完璧了而已。

难不成我也要再把王皓追回来？也成，一人追一次，扯平了。

第四章　房奴

1

我妈还不知道我和王皓之间经历了分手、复合、再分手这么复杂的事情，她只知道我从河北回来后，就和王皓划清了界限，这些日子就催促我赶紧找下家，再不嫁就和刁嫒嫒一样了。

她说："刁嫒嫒昨儿给她妈说她这辈子都不结婚了，她妈已经送医院急救了，难道你也要亲眼看着我被医院急救一次?"

我说："不会的，我会转过脸去不看您。"

我妈就作势要脱鞋打我。

我急忙遮脸，大叫："别打脸。"

我妈说："不打你也行，你给我出去相亲。"

我问："您有货源吗?"

我妈有些小得意，说："刚好有一个，我退休同事的儿子，有车有房，特帅。"

我说："太帅了的不要，刺瞎了我的狗眼。"

我妈就把克林顿叫来，指着摇尾巴的克林顿对我说："它见过我同事的儿子，你看到它眼睛瞎了吗?"

克林顿是我家的一条贵宾犬，是我妈和我二姑一起去买的，我二姑买了只母的，当场就给它俩定下了终身。当时我妈和我二姑一商量，决定一只叫克林顿，一只叫希拉里，表示对美利坚的不满。前段时间希拉里生了，汪特翰在未婚妻小樊的指示下抱了一只回去。汪特翰说叫布什吧，以后再有后代就按照美国总统选举的结果来起，多么幸福的一大家子，小樊不肯，说叫 9527，因为她是周星星的影迷。两个人争执不下，到现在，汪特翰管小狗崽子叫布什，小樊管它叫 9527，可怜了小狗崽子，年纪轻轻就患了狗格分裂，两个人同时一呼唤它，它就痛苦地在地上绕圈。

克林顿冲我摇摇尾巴，然后又到我妈脚下依偎着，像是说，听妈妈的话。

我回了房间就给王皓打电话，他终于接了我的电话。我说："我妈让我去相亲。"

他说："关我什么事?"

我说："你能不能别这么小气，我已经说了，是因为刁媛媛那件事去的，你用脚趾头想想也知道，他刚把刁媛媛肚子搞大，我就立马献上自己，我脑子进水了呀，你可以侮辱我的长相，但你不能侮辱我的智商。"

他依旧说："少来，你不是对他说不是因为刁媛媛的事吗？还在人家面前装处女。"

我都快疯了，说："完全没办法和你沟通……"

还没说完，他就把电话给掐了。

我妈押着我去相亲，其实对方长得还不错，但经过刘光天和刁媛媛的事，我已经对男人和婚姻相当失望，再加上我们单位的一群少妇天天抱怨老公挣钱少不做家务还在网上泡非主流，我就差不多要绝望了。

遇见王皓，我的人生变成了洗具，和王皓分手，我的人生又转成杯具，现在复合再分手，就成了餐具。

我的人生是一个茶几，上面摆满了各种器具。

我劝刁媛媛去把孩子拿了，刁媛媛说什么也不肯。她说就算要气死她老娘，也要生下这个孩子，况且她老娘不会被气死，顶多一年半载不和她说话而已。

她说：“你看，我就是一个例子，我妈不照样把我带大？”

我就没什么反驳的了。

刁媛媛年少丧父，她妈擦干眼泪，在八十年代国有企业铁饭碗的时代，顶着重重压力从纺织厂离职，接过刁媛媛她老爹的椅子做服装批发，这些年虽说赚的钱让我们这些人望尘莫及，但一直没有再嫁。她一直希望女儿有个好归宿，但老刁不争气，竟然做未婚妈妈。

从另一方面看，老刁还是算给女性争了口气，宁愿做单亲妈妈也不嫁给张启冈。反正老刁不需要男人养，大学服装设计毕业就女承母业了，现在和人合伙开了一家服装厂，谁缺你张启冈那几个做项目的臭钱。

再次见到王皓，是在我二姑的装修房里。当时我抱着不知道该叫 9527 还是该叫布什的狗崽子，进退两难。汪特翰和未婚妻回丈母娘家了，把狗崽子留给我二姑，希拉里老是咬自己儿子，我二姑随时得盯着这母子俩。

王皓酸溜溜地说："听说你相亲很成功啊，祝你幸福。"

我说："关你什么事儿，你根本不知道那天发生了什么，我也懒得跟你解释。"

顺手把狗崽子放地上，"布什，咬他。"

狗崽子看看我，不行动，我改口，"9527，咬他。"

狗崽子就开始在地上打转，估计又分裂了。

王皓说："看来你的号召力也不怎么样嘛。"

我说："那是，怎么也比不上你啊，你一号召我复合我就立马答应，我怎么号召你听我解释，就差没摇旗呐喊了，你还是不听。"

他说："时隔几日，变得牙尖嘴利，真让我刮目相看。"

我说："别掺那么多的成语，有些人读书再多也是听不进人话的。"

他说："你厉害，我说不过你。"

我说："说得再多，对于有些不会听人话的，也是白说。"

他说："你能不能消停消停？"

我说："和你有半毛钱的相干吗，嘴巴长我身上……"

他说："刁媛媛都给我说了。"

顿时我觉得我欠了老刁一大笔人情，为了成全我和王皓，老刁居然自曝其短，未婚妈妈的压力不是一般人能承受的，是我再次狗眼看人低。

他说："我过几天要去天津谈一个工程，要过段时间才能回来。"

但我还是死撑着不低头，从鼻孔里哼了一声，然后高傲地扭头就走。

那个时候，我有点小胜利的喜悦，因为我终于不用把他给追回来了，今天晚上这小子一定会给我打电话，约我出来。

可我等了三天也没等到他的电话。这三天里，我心绪不宁地，上网点开一个网页就关掉，然后又打开，连标题都没看就又关掉，最后竟打开了史燕的博客。

我也不知道怎么看到她的博客的，本来瞄一眼就又准备我的网页扫雷行动，但竟然看到了刘光天的小名大虾。还有一段写在两人离婚大战后的

日志:

"大虾，我爱你，却从未坦诚地告诉你……我很感谢你的包容，而我，不懂得包容，总以为自己这么好，你为什么还要这样对我那样待我，总是杞人忧天，总是忧郁过度，总是要求你完美，而却忘记了两个人最基本的自由。

现在，我终于清醒地认识到，我要求的，不属于真实的生活，只属于对王子的臆想。你不是王子，你不存在于童话世界，但你却真真切切地存在于我的生活，充斥我每一个回忆的角落。

你不是我的王子，但却是我的丈夫，我要安然与你度过一生……"

我知道偷看别人的博客是一件不怎么光明正大的事，但这段琼瑶式的内心独白对我的触动有些大，让我突然就想起了王皓。

每个人或多或少都会有瑕疵，无论是外貌还是性格，然而我们在感情的世界里太过于自私，表现在对别人的要求很高，对自己的要求却很低，只看得到自己的付出，却忽略了对方的温柔。

我知道王皓很好，他比我冷静，愿意来替我挡风遮雨，争执过后不用给他台阶下，他都能跳下来抱住我，但我只因为自己不喜欢他家里人就和他分开，纵使心里再怎么舍不得也要显摆自己活得很犀利。

其实我连史燕都不如，更不如老刁，我就是一个没什么收入只会咋咋呼呼的女愤青。

那天晚上，我躺在床上想了很久，从我认识他，到我们分开，再到我纠结的那一晚，然后我们复合，又分开，到现在人家觍着脸来找我，我还鼻孔朝天。

我就想起了我从前一朋友，我常常给别人讲他的故事，其实故事就是和两个女人发生了一段三角恋，无非就是你追我，我追她，但最后因为他的冷漠，那个爱他的女人离开了，他现在每天下了班就抱着吉他在地铁口唱歌，说要等到那个女人回来。

后来有人问我那个女人回来了没，我说虽然那个女人没回来，但丫每天晚上都能赚两三百块钱，银行的工作人员一见他就知道丫又来存零钞了。

我可不想抱着吉他在地铁口唱歌，我开口唱歌虽然不能把活人吓死，但能把死人吓活。

珍惜眼前的东西。那天晚上，我突然就领悟到了这句话。

第二天，我打算下了班就去找王皓，可下了班，我二姑新房的门紧锁，当时我心里就烦躁了。

我打电话问我二姑，我二姑说，工人每天六点准时歇工。

我就靠了，那我要到哪儿去和王皓面对面？精心制造的巧遇就这么泡汤了，我怕打电话给他，他因为我前两天的冷漠，也不睬我了。要是他去了天津，在那里遇到个美女或者良家的，我就成了明日黄花，估计得抱着低音炮在地铁口唱歌了。

垂头丧气地准备下楼，电梯开门的时候，我一抬头，就看到王皓抱着一个箱子站在里面。

我和王皓就这样站着，对望了很久，那些大大小小的快乐难过一一流过我的眼前，我突然脱口而出："我们结婚吧。"

这个时候，电梯的门关上了，王皓脸上没有任何表情。我心里咯噔一下，眼泪一下就涌出来了。

就在眼泪要夺眶而出的时候，电梯的门又开了，王皓一手夹着箱子，一手把我拉了进去。

我们在电梯里沉默着，狭小的空间像是一个人的心房，我曾摸着自己的心，问过自己很多次，是否真的爱他，如今我终于知道，所谓爱，就是和一个人在一起，不怕死，也不怕活着。

此刻，假如电梯掉下去，我也不怕，因为他紧紧地，紧紧地牵着我，没有放开的兆头。

他拉着我跑上了天台，天台是顶楼住户的，被锁了，他就站在天台的门前问我：“你说的是真的?”

我点头，“真的。”

他有些犹豫，又有些小惊喜，过了几秒，他迟疑地问：“你是一时冲动吧？我什么都没有，连一个好点的戒指都不能买给你……”

我说：“我不要戒指，不要蜜月旅行，不要婚纱照，酒席都可以不要，只要你以后好好疼我就行。”

他说：“裸婚?”

我笑了，接过他的话，说：“对，全裸!”

假如让我二姑知道，她一定把我推下楼梯。

可这个时候，他抱住了我，我能感到他的体温，还有他的力量源源不断地灌输进我的身体。此刻，我什么都不怕。

我只怕你离开我，从此我又成为一个没有盼望的人。

我终于明白，从前我一直追寻的那种乍惊乍喜的爱情，是那么易碎。或许真的爱情，只不过是平日的牵手，未来的微笑，年华老去时的搀扶，它缓慢流淌于我们的血管中，平静我们一时慌乱的脉搏。

当你年老时，你的父母会早一步离开你，你的孩子会长出丰满的羽翼脱离你，最后伴你走下去的，只有那个人。现在，我只希望，所有的分分合合都结束，所有的猜疑和分歧都消失，我们用安稳的步调走下去，相濡，以沫。

2

张启冈从云南回来了，追着老刁走了三条街，就一句话："把孩子打掉吧。"

刁媛媛最后实在气愤难耐，一个巴掌呼上了他的脸，大叫："我死也不会拿掉的，这是我的孩子。"

旁边有人说，该不会是第三者吧。

刁媛媛横眉竖目地说："老娘是正牌!"

于是就有人喊，那就打得好！

张启冈就拿出流氓气质来，说："咱们走着瞧吧，走着瞧，我告你，你他妈是生不下来这个孩子的！"

其实刁媛媛根本没想过要勒索他，就他那几两骨油，都消耗在床上了，还有什么值得压榨的。

正当老刁准备唾沫伺候的时候，一个妇女站出来，指着张启冈的鼻子说："老娘让她生下来！"

张启冈一看就傻眼了，真是他老娘。

事情到这个地步，应该有峰回路转的迹象了，张启冈的老娘也把自己的电话留给了刁媛媛，当场表示无条件支持她进张家做媳妇，并留下一句金口玉言："老娘最欣赏这种独立的女人，有范儿！"

但刁媛媛不想嫁，她铁了心要做单亲妈妈，她还说她想通了，与其给男人还桃花债，不如不进桃花林。我本来想劝她婚了，但一想到对方是张启冈，还是算了吧。

我说："真好，你看那些明星富婆，花大价钱去精子库买精子，还没几个成功怀上的，你省了一大笔钱啊，你再想想，要是你进了张启冈的门，你称呼自己为老娘，他老娘也自封为老娘，你们两个老娘，就是两只母老虎，话说一山不能容二虎……”

事已至此，我只能说这些话来宽慰她了，可当我正手舞足蹈说得渐入佳境时，她瞪了我一眼，没说什么，可我感觉得出她的眼神，凌厉中带着一丝无奈。我就闭上了我的臭嘴。

王皓登门提亲的时候，我爸一口应允，我妈不吭声，正当我们紧张的时候，她说：“我给你拿户口本去。”

胸腔里的一口气呼啦一下就吐了出来。我怎么也没想到我爸妈这么利索，嫁女儿跟倒垃圾似的痛快。

然后我爸提出了一个严峻的问题，也是我不想面对的。我爸说：“你看你们结婚了，这个新房怎么解决呢?”

我怕王皓提出裸婚，让俩老人家不能接受，于是我率先表态，我们不打算要家里一分钱，挣得了钱就买，挣不了钱就租房子。我爸没说什么，只是说，租房子也成，我帮你们找找，好像我有个朋友要出国了，房子正准备出租。

看多了这些为了房子，两家人差点打起来的事儿，比如刘光天，我就决定了，假如我们能买得起房子，我家和他家，谁也别出一分钱，别把感情弄得一身铜臭味。

虽然我的想法有些天真，有些犯傻，但我觉得能从根本上杜绝两家人的强弱对比。至于效果，再观后效。

北京的房价最近跟犯高血压的老太太似的，噌噌地往上蹿，我估计我和王皓不吃不喝两年还能拼个四环的首付，但两年后的房价就说不准了，说不定两年后，北京的房价能涨到十万一平米，我们攒的钱只能买一个平方，晚上俩人就站着睡。

以前我从不羡慕刘光天和史燕，但现在，我掏心窝子地嫉妒他俩。有房，买车也提上议程了，我还赤手空拳地为首付苦恼。

要领证，还有一个烦心的事，这事让我一想起来就夜不能寐，好不容易睡着了，半夜惊醒过来抓头皮。

这事就是去我未来婆婆家。

我一想到又要去那个压抑的地方，就抓狂。于是晚上送王皓到公交站台的时候，我想拐弯抹角地对他说只去两天，多了我不待，但怎么都没说出口，后来不知不觉走到公交站台了，我还没说出口。

最后，我想出一个招，就是让王皓陪我走回去，回去的路上我一定能说出口。于是我说：“你送我回去吧。”

王皓说：“你吃撑了是吧？”

我说：“人家怕遇到色狼。”

他笑了，说：“不怕，遇到色狼，用你的脸吓他。”

去你大爷的！我悻悻然地转身，说：“那我回去了。”

临睡前我在床上思考了两个钟头，最后终于思考出一个方案，而且我觉得特别保险，不会出什么差错的那种。那就是让刁媛媛打电话给我，说她要自杀。救人一命，我不怕王皓他妈不让我回来。

我就给老刁挂了个电话，把我的方案详细地解说了一遍，然后得意扬扬地等她拍板，结果她说：“我真想自杀了。”

“为哪般?!”我说，“难道是我的方案不够周全？”

她说："张启冈成天在我上下班的必经之路蹲守，让我要不把孩子给做掉，要不就和他结婚，还说我特卑鄙，用怀孕这件事来逼婚，我卑鄙吗？"

我说："你不卑鄙，但你肚子里有一个baby，小心动了胎气。张启冈这人口无遮拦，以小人之心度君子之腹，自私，狭隘，不懂顾大局，贱人！"

说到这里，我发现怎么越说越像我自个儿了，口无遮拦，不懂得顾全大局，只知道心里不舒服就转身走人。看来我真随我娘。

算了吧，王皓爱待多久就待多久，我憋个三五天不说话，也不是活不下来。

挑了个周末，我和王皓就登上那列东方快车了。在车上，我默默地告诉自己，要忍耐，不要冲动，为了他，我什么都能忍，我是忍者，我会一流忍术，哼哼哈嘿。

王皓在车上给我说了很多，他说既然我们要结婚，就不能像刁媛媛一样，活在童话世界里，要懂得互相尊重，懂得生活。

我说："老刁就是因为活得太现实了，才不愿意结婚，现在男人有几个靠得住的？没钱的成天一副苦大仇深的模样，有几个臭钱的就出去找女人，老刁已经怕了，所以干脆一个人过，要是我，我也带着孩子一个人过。”

王皓有些不爽，他说：“男人没几个靠得住的，那你还结婚干嘛?”

我更不爽：“你扯我身上来又是为哪般?”

他手一摊，说：“你不是说男人靠不住吗，你不是说换你你也要一个人过吗，我怕咱俩还没结婚就开始互相怀疑，我没钱的时候你担心，有了钱你也担心，你说这样担来担去的有意思吗你?”

我脑子一热，说：“没意思，那不结婚了，结个屁啊!”

他就把头转向车外了。其实我说那话也是气话，常常脑子一热就脱口而出，我妈是脑子随时处于加热状态，我的脑子是时不时地升温，用老刁的话说，就是有时候说话从来不经大脑过滤，一张嘴就臭烘烘的。

遗传害死人。

这话说出口，我也有些后悔了，但就是要面子，不知道怎么服软。正在僵持的时候，王皓伸出一只手来揽住了我。

揽住我的不是手，是台阶，等待了多时，终于找到个台阶下了，于是我顺势打了他一下，然后把头靠在他肩膀上，说：“讨厌!”

王皓说：“以后别说这种让人伤心的话。”

我也知道，可性格决定命运。

到了王皓家，这次不是吃剩菜了，在饭馆里，他妈还给了我一个红包，钱不多，一万二千块，比起史燕的十二万虽说是小巫见大巫，但也足够我愧疚的了。我再一次说自己是狗眼看人低。

第一天晚上刁媛媛就给我打电话来了，我说：“计划撤销了。”

她说：“什么计划?”

我反应有些慢，说：“就是那个救人于水火的计划啊，我让你给我打电话，然后我就假装……”

她说：“我早把你的狗屁计划忘了，我打电话是要告诉你，我准备和张启冈结婚了。”

说实话，到现在刁媛媛的心里有几个弯我仍然不清楚，她做事情永远都是这么迂回曲折，带有浓厚的韩剧色彩。

我说："你脑子一定被门给夹过。"

她说："没有。"

我说："绝对有！"

她叹了口气，说："是这样的，今天张启冈他妈来找我了，她说她很喜欢我，为了孩子有个完整的家，还是和他儿子结婚吧，她今后一定保证她儿子全心全意为家庭添砖加瓦。"

我说："就这一句话？你就投降了？"

她说："汪燃，你他妈别站着说话不腰疼，你知道吗，我前两天去做产检，那些孕妇都是老公小心翼翼地搀扶着，就我一个人在缴费处，化验处，门诊这几个地方跑来跑去，心酸，你能理解吗？我想要个家，哪怕这个家只是个挂名的，我也想要，你懂吗？"

我说："做个产检，就把这辈子都糟践了，我说你脑子被门夹了你还说没有。"

她说："没有。"

我说："肯定有。"

她怒了："这个真没有！"

我就囧了，石化了三秒，小心翼翼地说："但是张启冈……"

刁媛媛说："随他去吧，我已经想通了，就当他是一个摆设，我刚有孩子的时候，还想过找个老实男人一起生活，一起把孩子带大，但现在才发现，这年头，男人比女人还现实，没处女膜的不要，没文化的不要，不是大咪咪的不要，不温柔的不要，不能像伺候大爷一样伺候他的更不要，我算明白了，吴彦祖这种男人一千年才出一个，我要是吴彦祖老婆，保证比她伺候得好。"

我听她的语气挺低落的，就准备缓和一下气氛，说："对，你也不是人老婆，人老婆比你漂亮多了……"

她的情绪就又不稳定了，我不知道怀孕初期是不是都这样，我听到她在电话里开始发飙，说什么我是不漂亮，我没男人要，我做人就这么失败。

算了，她最近荷尔蒙失调，我懒得和她吵。

这次的王皓老家之行还算顺当，有一件事情有点郁闷，就是王皓通知他从前的朋友，他要结婚了，大家就提议出来聚一聚，我心想这也没什么，我还有刁媛媛刘光天几个狐朋狗友呢，怎么就不许别人有几个哥们儿？

但是到了现场，我才发现确实有些格格不入。不知道为什么，女人很难融入自己另一半的社交圈，不理解那些酒气冲天的插科打诨，勾肩搭背的推心置腹，最后女人陪完了笑脸，还是觉得回去宅着比较好。

王皓很快就喝高了，和那几个哥们儿天南海北地吹牛，我一个人在旁边孤零零的。我确实不喜欢他那几个哥们，说话带着一股子江湖作风，跟我们公司销售部那几个猥琐男一个调调。我们公司销售部的那几个猥琐男，那叫一个恶心，也是跟客户称兄道弟，还相约去嫖妓，口口声声地说，要做业务，就必须跟客户混成一片，男人嘛，成了哥们还有什么不好说的，一起扛过枪，一起嫖过娼，关系立马不一样呀不一样。

真恶心。

我想，今后王皓出去应酬，我才不要和他一块儿去，我就待在家，看见那帮子人，比吃了产卵期的苍蝇还恶心。

到了回北京的那天，王皓他爸非要送我们到火车站，还给我买了一大堆特产，说带给我爸妈的。

东西不贵重，但我心里还是挺感动。他爸说什么也要看着我们上火车，王皓硬拦了一辆出租，把他塞进去，然后给了司机一百块钱，对他爸说：“记得还要找零。”

他爸就有些埋怨地说："真是浪费。"

后来我才知道，他爸刚出火车站就下出租了，然后两条腿走去的汽车站。王皓知道以后，一个劲地在电话里数落他爸，数落完了，电话挂了，就两只眼睛望着远方发愣。

最后，他抱着我，说："燃，以后能不能对我爸妈好点，尤其是我爸，这辈子太辛苦了。"

我纳闷，说："我对他们不差啊。"

他抱得更紧了，说："我知道，可我怕你和那些女人一样，一家人做两家事，自个儿的妈就是妈，老公的妈就是一匹干活的马，当面儿好好的，转身就到处说婆婆的坏话。燃，我爱你，别让我两边为难，行吗？"

"不会的。"我安慰他说，"一定不会！"

3

刁媛媛的婚姻之路曲折无比，我们这帮子看客唏嘘不已。老刁说："没事儿，我就当他是个根雕杵旁边儿。"

刘光天说："可你会买个像大便的根雕吗？"

史燕就踩了刘光天一脚，还顺带剜了他一眼。

这些日子，老刁在考虑买房的事情，她准备把她手里那套房子给卖了，添点钱在四环外边买一套大点的。她极力怂恿我也买一套，我摇头，笑而不语，内心哭泣。

我手里就五万块的存款，这是我平时省吃俭用攒下来的，人家史燕都全套用雅诗兰黛了，我还在用兰芝，偶尔来个植村秀都觉得很奢侈。王皓手里存款十万，他比我更节约，节约到买个新洗衣机都还要算算成本回收的那种，在北京从不打车，从不买三百块以上的衣服，从不进行任何一种小资行为。

说到护肤品，老刁因为怀孕，把她的瓶瓶罐罐都送给了我，我提着一口袋东西回去，然后挨个拿出来在网上搜索用法。

老刁真是有钱人，最次的都是倩碧，还有一瓶希思黎，新的，还没开封，搜了搜，这破玩意要一千多，让我这个穷人差点没抱着显示器晕厥过去。我估计这包东西，足够我用十年的了，老刁就那么一张脸，买这么多东西折腾是为哪般？

我和王皓领结婚证的那天，老刁就给我封了一个大红包，我打死也不要。这钱拿着简直是折寿，第一次见媒人包这么多的礼金，我说：“你和张启冈也要结婚了，给来给去多麻烦。”

刁媛媛说：“拿着吧，我就你一个这么铁的姐们，我和张启冈的婚姻有名无实，你还不如等我再婚的时候给我红包。”

我差点没哭出来。

领了结婚证，王皓和我回家吃饭，我爸的红包也准备好了，一万块。我又差点哭出来。我二姑也递上一个红包，也是一万块，我数度哽咽。去了一趟我外公和我奶奶家，又哽咽了几次。我估计再来几个红包，我就直接心肌梗死了。

这些大大小小的红包加起来，有四五万，我算了一下，我和王皓的存款都加上，勉强能凑够个小户型的首付。可现在开发商都不做小户型了，怎么找得着？

老刁此时又现身了，她说看到一套房子还不错，有小户型，二万二一个平方，四十多个平方，多好。她先下手为强，已经订了一套一百二十个平方的了。

我迅速地心算了一下，房子总价是九十万，两成首付，也就是二十万，开发商真厉害，未卜先知，算准了我和王皓身上的所有存款，可我们打定了主意不啃老，装修费怎么办？难不成我们在毛坯房打地铺？

纠结归纠结，我还是把这消息给王皓说了。王皓想了很久，看了看他那破出租屋，每天一身灰，洗个澡还要提水去厕所冲，夏天还好，遇上冬天，冲得一身冰碴，跟才冬泳完似的，然后赶紧地去被窝捂暖和，因为没暖气，他成了公司最爱加班的人士。更要命的是隔壁那个女人，到现在也不知道是干什么工作的，每天都抱着电视机看韩剧，有时来个男人，她就带回自己房里，随即传来杀猪似的叫床声。对于这叫床声，王皓对我描述的是，人家出来卖的要钱，她是要命。

最后，他一咬牙说：“买吧，大不了我吃几个月的煎饼！”

他说出这句话，我着实感动了一番。首先，他说的是“我”吃几个月煎饼，而不是“我们”，其次，他对我爸妈承诺会好好照顾我，也在努力实现。

我爸去找了他那个朋友，回来后告诉我们，房子是一套两居，三环的，朋友本不收他钱，但我爸说别介，还是收点，于是给他的租金是友情价四千五。可这友情价我们也负担不起，还不如不友情一把。我寻思了半天，在我们没搬新房之前，我们还是暂时住我家得了，我那小闺房应该还能坚持一段时间。

我开玩笑对王皓说：“恭喜你入赘我们家了。”

王皓就张了张嘴，本想发作，但看到我爸在旁边，就只是拉个脸子给我看。

这又牵涉到一个伙食费的问题。我打算每个月给我妈一千块，我妈竟破口大骂，说：“丫的装蒜装到老娘头上了。”我爸说：“你省省吧，白吃了那么多年，也不差这几个月。”

我就默默地闭上了我的臭嘴。

交了购房定金的第二天，我发现我的眼睛下面长了几个白色的小点，财务部有个美容大王，一看就肯定地说：“脂肪粒，肯定是你最近用了不适合你的护肤品。”

还真神了，这两天我真在用老刁给我的东西，老刁也给我说过，有些东西我可能用不了，适合她的不一定适合我。我就问美容大王怎么办，大王说：“去买积姬仙奴的护眼水，用几次就变小了。”

“那啥鸡鸡的护眼水，多少钱？”我满脸问号，诚惶诚恐地问。因为我对护肤品的知识还停留在初学者阶段，就知道几个大牌而已，万一这东西是和老刁的希思黎一样的价格，我就只能望梅止渴了。

“两百多而已，不到三百块。”

我赶紧地坐下，大王问我：“怎么了？”我说：“没事，脚有些软。”

大王说：“快速的法子，去美容院用针给挑了。”

这法子不错。正当我让她给我推荐美容院的时候，她说：“但是挑了容易长疤，眼周皮肤细嫩，长疤了护理不好还容易造成色素沉淀……”

她巴拉巴拉地说了一大堆，最后我还是打算去买一瓶鸡鸡的护眼水得了。

两百多块，疼得我心肝颤，换作平时没什么，但现在要买房，我在即将成为负资产的路上，才真的明白我二姑那句话，一块钱能难死人。

回了家，我没敢拿出来，而是扔了包装袋放包里。平时看电视和论坛里，那些凤凰男的故事，像什么《双面胶》《新结婚时代》，还有什么我买了一件三百块的大衣老公要和我离婚之类的帖子，在我心里留下了严重的阴影。王皓那么节约，到时候别因为一瓶鸡鸡的护眼水闹离婚，我新婚生活都还没享受过呢。

刚到家，我妈就唠叨我怎么这么晚才回来，王皓都回来了，大家都等我一个人开饭。

那就开饭开饭，大家一起吃饭饭。我顺手把包扔沙发上，高高兴兴地去洗手了。

洗完了手，我一出来就看到王皓拿着我那瓶护眼水端详。

我赶紧抢过去，说："干什么翻我包，懂不懂什么叫隐私？"

他说："我想看看户型图，就打开你的包找，实在抱歉，我还看到小票了。"

我悔得肠子都成彩虹色了，真应该一回家就把那瓶金水藏床底下的。两百多，我真怕王皓来一句我妈还在吃咸菜，你长几个针眼就买两百多的东西来折腾。

我在一旁都在打腹稿准备辩解了，可他什么都没说，只是拿了户型图，然后走到饭桌边上开始一边吃饭一边研究起来。

这顿饭我是没吃好，看了那么多凤凰男的例子，我怕王皓也是个凤凰男。

饭吃完了，他进房间去看户型图，我也跟着进去，在他身边转来转去。转悠了大概有十分钟，他才抬起头来，缓缓地说："你今天晚上吃撑了？转得我头都晕了。"

我奇怪，就问："难道你没什么话对我说？"

他更奇怪，说："你想我说什么话？"

我说："我买了一瓶那么贵的东东，你就没意见发表发表？"

他说："有啊，你们女人就是爱瞎折腾那张脸。"

我很疑惑地问："没了？"

他想了想，摇头，说："等想到了再发言。"

我说："两百多一瓶水，你怎么不骂我败家子？"

他就笑了，边笑边说："我还以为什么事，两百多，至于吗？再说了，我又不是不知道你这人的消费观。"

我想我眼睛底下长的应该不是脂肪粒，是痔疮，才让我又一次看人低。

但这件事打消了我对王皓是个凤凰男的疑虑，我告诉老刁，我家这位不是凤凰男的时候，老刁呼天抢地地拜托我，求求我，让我行行好，还说您家那位只符合男的标准，和凤凰的毛都沾不上边儿，充其量也不过是只混得好的芦花鸡，乌骨鸡都够不上资格。

我想了想，也是，我们还在温饱线上挣扎。

汪特翰和小樊领了结婚证的第二周，我二姑就住院了。胆结石，医生说要做胆囊切除。手术那天，汪特翰和我姑父都在医院里候着，大家都眼巴巴地等我二姑从手术室里出来，就是不见小樊的影子。

我到了手术室外边就悄声问汪特翰："你老婆呢?"

汪特翰说："别提了，提起她我就伤心。"

他说小樊和几个朋友约好了去欢乐谷玩，他让小樊来医院，小樊说已经约好了，不能放别人鸽子，打死也不来，还说切除胆囊又不是做心脏搭桥，咋咋呼呼的，好像多大回事儿似的。

最后，他问我："燃燃姐姐，你说我是要老婆还是要妈?"

这个问题很严肃，我实在是无法给他一个答案。小樊没做什么大逆不道的事，这个年龄的女孩子都没心没肺的，而且又不是自己亲妈，怎么也着急不到头上来，还有那边也约好姐妹了，要是汪特翰因为这件事分手，就成了刁媛媛口中的愚孝，用刁媛媛的话就是：抱着你妈一块儿去西天旅游吧。

我就说："目前我不能给你一个明确的答案，你再观察观察吧。"

在等我二姑出来的时候，我在想这样一个问题，假如有一天，王皓他妈也住院了，我也约好老刁等人一起去玩了，我到底是陪他妈，还是和老刁一起进行这久违的狂欢？

权衡了一下，还是选了陪王皓他妈这个选项。我和她妈身份上好像很熟，但实际在感情上没什么深层次的交流，要是不陪她，还落下个把柄让人议论，老刁和我这么熟了，应该能理解我。

出了医院，我和王皓去售楼部签购房合同。

签合同的时候，我有一种悲凉的感觉，直愣愣地看着王皓，脱口而出说："说好不啃老，不要我爸妈的钱的，可这首付里有两万块都是我家的。"

王皓看着我，眉头紧皱："你什么意思？"

我又是脱口而出说：“我们结婚买房，你家一分钱都没掏过。”

他迅速地埋下头，我看到他捏着笔的手越来越用力，突然，他扔了笔，扔下我就走了。

我就知道我又说错话了。

我是在转角找到他的，他正蹲在路边上抽烟，仍旧是眉头深锁。我走过去，本想服个软的，但话到了嘴边，却是“你干嘛呢，我说的是实话，少在那儿给我脸色。”

他还是不吭声。

我就知道这句话伤到他内心了。

真想给自己俩大嘴巴。

最后合同还是签了，写的是我和王皓两个人的名字，不过从签合同到回家，他一句话也没跟我说，无论我怎么逗他，他都板着个脸。

我爸的眼神是锐利的，一眼就看出我们出了问题，问我怎么回事，我就把情况说给他听了。

他说："这话要是你妈对我说，我也不高兴，夫妻之间，不是什么话都能放出来的。"

我辩解："可我不想两口子之间还人心隔肚皮。"

我爸沉默了一会儿，说："我找他谈谈吧，你别太随你妈了，以后说话之前考虑清楚，上次你说入赘，我就看出他挺不高兴了，男人啊，最怕别人说他是入赘。"

我觉得挺委屈的，为什么夫妻之间还得戴个面具过日子？

我爸叹了口气，说："人呐，都是有自尊心的，不是夫妻之间有时候得说违心话，而是为了照顾别人的感受。"

晚上睡觉前，王皓还是没和我说一句话，他背对着我睡觉，我靠过去抱着他，他也岿然不动。

自讨没趣，咱也不是那种喜欢热脸贴冷屁股的人。于是我也赌气一样的转身，背对着他睡觉。

没过一会儿，他就转过来，一只手开始解我的睡衣扣。

我想，哇，难道这就是传说中的夫妻床头打架床尾和？

我不知道我爸到底给他说了些什么，只是我突然领悟到，爱情，也需要互相的尊重。

什么是尊重？不是举案齐眉就叫尊重，而是不要用自己最锐利的地方，有意无意去攻击别人最脆弱的地方。既然爱，就要互相包容，但当对方无法用他最脆弱的地方来包裹住我们时，我们能不能换一换，换我们去包裹住他？

学会包容，其实一点也不难。

第五章　精神出轨

1

刘光天最近老是和史燕吵架，吵来吵去就是为了买车的事。史燕说，两厢好看，买两厢，刘光天说三厢实用，又稳重，就要三厢。

三天一大吵，每天一小吵，就连大伙一起出去吃个便饭的功夫都能吵起来。那天银行的房贷通过了，我们就请吃饭，叫了老刁，还有刘光天两口子。

刘光天点了个菜，是烧带鱼，史燕说："不许点，我不能吃带鱼，带鱼是发物。"

刘光天说："你不吃我吃。"

史燕说："你也不许吃。"

“我凭什么不能吃?”

“我他妈是为你好，你懂个屁!”

“你烦不烦，什么都要扯到为我好这几个字上，成天耳提面命，买个车，明明自己喜欢两厢都非要说成是为我好，你瘆不瘆得慌?”

“两厢怎么了？你这人本来就长得老，开个三厢看上去就是未老先衰!”

“是啊，大爷我就是老，你有种重新去找一个年轻的啊。”

“别以为人人都像你，吃着碗里的瞧着锅里的。”

“嘿，你说说，他妈的谁又瞧着锅里的了？我又做了什么对不起你的事儿了?”

我和老刁面面相觑，不知道该说什么。最后，为了不让老刁发飙动了胎气，我出来打圆场说:“和谐第一！别吵啦!”

可人家两口子不理我，最后史燕把筷子一摔走人了。

刘光天骂骂咧咧的，一肚子气。

刁媛媛说："怎么你家这口子还是不在公共场合给你面子?"

刘光天窝火极了，说："岂止公共场合，回家我也没个男人样，妈的，我最讨厌她屁大点事，都要把自己抬举得跟为国捐躯似的，本来最近因为一个大项目落标就已经够烦了，回家还要听她唠叨，我每天在外面夹着尾巴，回家了还要看她脸色，妈的!"

老刁说："别说脏话，教坏我肚子里的宝宝。"

王皓就插嘴说："我在公司里的事儿从不带回家，家是什么地方，是个累了可以回去休息的地方，要是家都不能让你的心安稳下来，那就是牢笼。"

我知道王皓这句话是在劝刘光天，但刘光天却理解成了另外一番意思。他略有所悟地说："对，这个家他妈的现在就是个牢笼。"

我说："你是身在福中不知福，你们两口子现在月收入都跨过两万了，房贷都快还清了，已经准备买车了，还有什么不满足的啊？你看看我们，俩人加起来一个月才一万出头，每个月要还六千多的房贷，就剩六七千过日子，我都觉得生活还有奔头呢。"

刁媛媛说："你们那房子，不是我说的，贷的款都快赶上买房的钱了，照我当时说的，还不如管你家借点，那利息给你爸都比给了银行舒坦。”

老刁不缺钱，不懂什么叫压箱底急用，就这样，我跟王皓都还每个月逼自己至少存两千，以防有个急事什么的，没急事，就是今后的奶粉钱。

钱啊，真是个好东西，现在才知道什么叫钞票香。

这顿饭大家都吃得比较郁闷，吃完了就各奔西东了，反正现在各大娱乐场所已经基本和我绝缘，每天回家就是上网，泡论坛，打游戏，看影碟，混到睡觉的点了就躺下。

没过两天，史燕就给我打电话，问我有没有认识的中医，最好是会针灸的。

我有些奇怪，就问："我知道你们准备要孩子，可准备要孩子也用不着针灸啊。"

她说："刘光天……面瘫了。"

那天刘光天和我们分开后，去找了一个哥们喝酒，喝了没多久东区就开始下雨，两个人就准备喝到雨停了回家，结果都喝高了，雨还是没停，于是两个醉汉就准备打车回去。现在的出租车司机也挺牛的，看到喝醉的不让上车，怕不给车钱，还吐得满车都是。

刘光天就走了两个小时回家，早上一醒来，发现右边脸瘫了，没表情，流口水，流眼泪，咧着嘴笑的时候面带狰狞。

史燕就带他去看了医生，医生说造成面瘫的因素很多，心理压力，病毒感染都有可能。

病也看了，药也开了，还得配合中医针灸治疗，治疗不好就容易落下后遗症。

我进门一看到刘光天那张脸就着实吓了一跳，跟蝙蝠侠里的哈维丹特似的。刘光天郁闷得半死不活，说去请两天病假的时候，老板也被吓了一跳，当场发话，由于这张脸实在是影响公司形象，要是把客户也吓成面瘫就不好了，特批病假两周，不带薪。

史燕说："活该，谁让你跑出去跟人喝酒，以后我看你还喝，整个人都瘫了才好，瘫了我就去找个有钱的再婚。"

刘光天就咧着半张嘴说："你他妈能不能说点让人宽心的话。"

史燕还是冷嘲热讽："你还想宽心啊，你怎么不做点让人放宽心的事？"

刘光天现在是属于右边平静左边愤怒，他右边不动声色，左边咧嘴说："你他妈不闹了行不行，本来现在就是身心疲惫，你要是躺病床上了我也这样，你心里怎么想?"

史燕冷笑一声："我躺床上了？我真要躺床上了，根本不会指望你会来照顾我，你倒是巴不得我病倒下……"

我也不知道这两口子最近怎么了，明明在博客上，史燕万般柔情，但一到了生活里，就判若两人，说话跟刘光天挖了她家祖坟似的。我都怀疑我是不是走错了博客。待会儿回去再翻出来仔细钻研钻研。

他们吵得我也挺尴尬的，只好走了。

回去我还当真把史燕的博客弄出来看了一遍。没错啊，就是史燕，从和刘光天闹离婚，到重修于好，每件事都记录了的，日期名字无一差错。

看了三遍，我还是搞不懂为什么她现实和博客上判若两人。

难道这是传说中的人格分裂？和汪特翰家的狗崽子一样？我不是故意拐着弯地骂史燕，但这事儿确实让我百思不得其解。

我陪老刁去逛街的时候，老刁告诉我，她在刘光天家也同样遭遇了这件事，并且事态的发展已经直接超脱了常人的想象，吵到最后，刘光天直接摔门走人了，史燕哭着说不话了，要从十八楼跳下去，她一个肚子已经显露雏形了的孕妇死命地拉着史燕，差点没吓流产。

她叹了一口气，说："史燕这样，别说男人，是条狗也受不了啊，她这性子不改改，我不看好她和刘光天今后的生活。"

老刁的肚子已经四个月了，和张启冈的结婚证也领了，但和没结婚没什么差别。每天她仍旧回她自己的单身公寓去住，每隔两天回去看看自己的老娘。

她说："还有个事儿，张启冈找我借钱，二十万。"

我不屑，说："他借那么多钱干嘛啊，去嫖妓也不带这么高级的吧?"

刁媛媛就说："和朋友合伙开公司。"

我停下手里翻衣服的动作，警觉地问她："你不会真打算借他吧?"

她说："哪能呢，不过是讲个笑话给你听，我才买了房，手里哪有钱?"

我就千叮万嘱地对她说："老刁，别以为张启冈那个贱人是你肚子里孩子的爹，你就心软了，他就是个不折不扣的贱人，垃圾，下贱，无耻，人渣！他能做出一切你想不到的事，我建议你给孩子上了户口后你俩就立刻拜拜，这年头，三条腿的蛤蟆不好找，两条腿的男人多的是。”

刁媛媛就把头低下去看衣服，说：“不用你说，我知道。”

我真不明白，为什么老刁一个独立坚强的女性，竟然会栽倒在张启冈这个衣冠禽兽的手里。不过换个角度想想，好像我在老刁面前也是一副自己看得多淡然的模样。这就是所谓的当局者迷旁观者清。

逛商场的结局是，刁媛媛大包小包，我两手空空，两只手插在裤袋里，背着个神似编织袋的大包晃来晃去。老刁看不下去了，说：“你买个房子也不用把自个活成这样吧?”

我苦笑：“有什么办法，这几个月得把装修房子的钱给攒出来，虽然说王皓有内部资源，装一套房子要不了多少钱，但那也是花花绿绿的人民币。”我没有刁媛媛那种自己创业的气魄，也没有刘光天家庭殷实，我家里一砖一瓦都是自个儿从牙缝里挤出来的。

但生活总归还是要有希望不是，就像有位网友去超市，在冰柜里看到一只螃蟹，冲破重重险阻，努力地从 18.9 的柜子爬向 21.9 的柜子，网友顿时泪流满面：你 TMD 太有上进心了！

螃蟹都如此有上进心，更何况我，我暗暗地发誓，我也要爬向更高层次的冰柜。

一回家，我就收到我二姑的请帖一张，当时就觉得天旋地转，这天终于到来了，汪特翰这臭小子早不结晚不结，偏偏在我最穷困潦倒的时候来要礼金。

两千块，是我从牙缝里掏出来的，掏得我牙龈都肿了，于是乎我决定待会下楼买支蓝天六必治。

王皓瞧我这样，连忙说："老婆老婆不要郁闷，我有个好消息告诉你。"

我转过脸去，两只眼睛放出光芒："这次返点拿了多少？"

他说："不是返点，是我马上升职了，首席设计师。"

"涨多少工资？"

"工资多少不重要，重要的是我以后单子就多了，应酬也更多了。"

"应酬需要你掏钱不？"

“你三句话都离不开钱字，我觉着你越来越庸俗了。”

我很是委屈，有什么办法，现在我真的很缺钱，都琢磨着去动物园淘点衣服去网上卖了。要不是本钱不够，估计我真要实施这个想法。

星期天是汪特翰和小樊的婚礼，汪特翰的老爹满脸笑容站在门口和宾客寒暄，十年了，头一次见他这么开心。

每次我去我二姑家，他都是闷不吭声地躲在房间里不出来，整个人就跟穴居的蜘蛛似的，偶尔见到他出卧室，也是眉头紧皱，不开笑颜。

我二姑说：“臭男人，钱也挣不到，每天还拉脸子给我看。”

我知道她埋怨我姑父，因为我姑父下岗后，就没什么收入，也不肯拉下脸去和我二姑一起卖水果。我二姑一个女人，从进货到摆摊，全是自己一手操办。我还记得小时候去汪特翰家里玩，我二姑不在家，汪特翰找我姑父要一块钱买冰棍，我姑父摸了半天，才从身上摸出五毛钱来。年仅五岁的汪特翰鄙夷地说：“你真是个窝囊废！”

汪特翰的学费，生活费，都是我二姑挣出来的。有次我二姑进水果，被人骗了，几万块一下全没了，刚好遇上汪特翰要交学费，我二姑差点去卖血。我爸妈见我二姑实在要活不下去了，就偷偷地去学校帮汪特翰把学费给缴了，这才阻止了我二姑卖血的念头。

汪特翰十岁前跟着我姑父姓蒋，自从这件事后，我二姑就把汪特翰的姓给改了，汪特翰也改得心甘情愿，还高高兴兴地说终于不姓蒋了，姓蒋的都是废柴，我可不想做废柴。

这件事对我姑父的打击有些大，现在在家里，基本上就属于没地位，没话语权，没决定权，有个什么事的时候，连发言权都剥夺了，儿子也不愿意跟他姓，整个人每天都灰溜溜的，一下老了不少。

这也是这十几年来，头一次见他笑得满面春风，脸上的每一处褶子都展开了。

结婚，本来就是一件欢天喜地的事，更何况是自己的儿子结婚。

可到了十二点，所有的宾客都坐好了，汪特翰和小樊还不见人影。大家伙想，可能是路上堵车呗，这年头，私家车越来越多，真讨厌，这样下去，北京迟早要被汽车塞爆。

到了十二点半，两个新人还是没影子，甚至连我二姑的影子都不见了。

到了一点，连我爸妈的影子都不见了。

宾客开始骚动的时候，我的手机就响了，打电话的是我爸，他让我赶紧上台表演个歌舞，稳定下骚动的人心。

我一下就愣了，说："我会什么歌舞?"

我爸恍然大悟，说："我这边急得，说话都拎不清了，你叫司仪安排人上去表演几个歌舞，汪特翰现在在警察局，小樊非要去妇联告他。"

给司仪交代了一下，我就去了警察局。

整个事情是这样的，按照流程，汪特翰一大早就和一帮子兄弟哥们去接新娘了，敲门的时候，门里面小樊的姐妹们都嚷嚷要给红包，每人九百九十九块，少一分不给开门。

兄弟们就从汪特翰的包里翻出了钥匙，硬是把门给打开了。

这么简单就进门了，姐妹们当然不甘心，于是推推攘攘地死活不让进去接新娘子。就在这个时候，伴娘突然给了一个哥们一耳刮子，大叫咸猪手!

小樊就从里屋跑出来了，也没问到底怎么回事，也抬手给了那个哥们一耳刮子。

汪特翰就抓住小樊的手质问她怎么这么泼妇，事情都还没问清楚，怎么就动手打人。

小樊估计当时也觉得挺没面子的，被自个老公抓住手腕，毫无反抗能力。越是没反抗的能力，她就越是挣扎得厉害，最后竟然一口唾沫啐到了汪特翰脸上。

汪特翰就当着众人，抓着小樊的头发，把小樊的头往墙上撞了一下。

小樊当即就打了 110，说一定得离婚。

我赶到警察局的时候，小樊披头散发的，有个姐妹过来给她拢头发，她一把推开人家，说这是汪特翰打人的证据，一定要告他，告得他倾家荡产。

小樊倒在她妈怀里哭得声嘶力竭的，我二姑在旁边不知道该拿谁撒气。好好的喜宴变成这样，我姑父看上去瞬间又老了。

我有些无奈，也有些庆幸，悄悄对王皓说："瞧见没，还好我们没办酒席。"

王皓低声说："现在的独生子女都这样，你也一样，都是我让着你。"

我白了他一眼，说：“说得好像你家生了一大窝似的，你不也是独生子女嘛你。”

王皓说：“你哪次不是说话伤人，还好我比较铜墙铁壁，要不早就被你伤得体无完肤了，就这样，还要我来哄你。”

我回忆了一下，的确每次都是他来哄我。我想也没想，又说：“你吃我家的住我家的，哄我是应该的。”

还好这句话被小樊的哭声给压下去了，要是被王皓给听到，今天派出所就不止一对新婚夫妇大闹了。

有时候，我对自己说话垂直降落不经大脑很是苦恼。

2

那天我在面瘫男刘光天的空间里看到一个女的给他留言，语言挺暧昧的，还亲昵地称呼刘光天为大猪头。

第二天再去，这条留言就删除了。

我的直觉告诉我，刘光天和这个女的关系不一般。

于是就进他空间的最近访客里，找到了那个女人的号码，再进了那个女人的空间，有一篇日志标题是，小猪头永远是大猪头的心肝宝贝。再看看日志的时间，正是这个星期，刘光天休假的第二周。

发现了这个秘密后，我当时就震惊了。

但我怕说给史燕听，她不相信，还怪我挑拨离间。于是我就不动声色，静观其变，只把这事告诉给了刁媛媛和王皓。

老刁说："不会吧，刘光天真是狗改不了吃屎，这年头的男人真是没一个靠得住的，还好我对张启冈这种男人根本不抱希望。"

王皓说："千万别告诉史燕，说不定刘光天只是休假无聊，找个乐子，过段时间就没什么了。"

我立马就教育他："这个思想绝对错误，什么叫找个乐子，找乐子你可以玩游戏，可以看电视，为什么要找个女人搞网恋?"

王皓辩解说："我这是站在刘光天的角度说话，你抽什么风?"

我是相当不屑。对于男人，一定要让他知道自己绝对不能接受背叛，精神上的也不行。我有一个大学同学就是，当年看某电视剧，学里面的女主角说："老公，我给你三次出轨的机会。"她以为这样的话，一定能让她老公感动："我有个多么好的媳妇啊，多么具有自我牺牲精神。"

结果就是，她老公就当真出轨了，反正三次，不用白不用。最后第三者找上门来，说肚子里已经有了她老公的孩子，非要她离婚不可，到现在都还在闹。

所以说这种三次理论，根本站不住脚。要是男人对自己老婆说，我给你三次抽我妈的机会，我相信大多数女人一定马上抽一次，心里还盘算着还有两次什么时候抽。

我和王皓在装修房子上有了分歧，王皓说全刷乳胶漆，我说全贴墙纸，他说买活动衣柜，我说打个壁柜，他就从经验上给我一条一条地分析，说："咱家小户型，不适合全贴墙纸，贴上去空间显得更小，活动衣柜以后可以挪挪，壁柜的局限性太大。"

我就用刘光天家的例子说服他，我说："你看刘光天家卧室也不大，贴上墙纸显得多温馨，还有本来空间就小，就更要把每一处空间都利用起来，打个壁柜整面墙都能利用起来。"

最后争执不下，我就说："要不这样，要贴壁纸就不打壁柜，要打壁柜就刷乳胶漆，每人的心理渴求都照顾到了。"

他还是不同意，说："你去看看刘光天家的壁纸，人家用的是好几百块一卷的，你用个一两百的，还不如刷乳胶漆。"

我就不信了，周末就去了刘光天家里，想看看他那壁纸到底高档到什么名堂。

我去的时候，是刘光天给我开的门，依旧面瘫，右边平静左边咧嘴。

我一进屋就闻到一股子方便面的味儿，一瞅，桌子上正放着一桶方便面，桌子下面还有一箱。

我说："难道医生说吃泡面能治你这病?"

他有些尴尬，说："史燕离家出走了。"

我叹息："你们又吵架了?"

他说："这个……有些不好说，她说要和我离婚。"

我顿时想起了那天的留言，试探性地问："难不成你和别人搞网恋被她发现了?"

他右眼呆滞，左眼震惊："你怎么知道?"

亏我还憋了几天，都快憋成面瘫了，结果史燕还是发现了。其实在老婆眼皮底下搞网恋的男人最傻，一看就知道智商有限。两个人合用一台电脑，总有忘记关 QQ 的时候，去洗澡也不可能把手机带进浴室，就这样，网恋华丽丽地暴露了。

刘光天说："其实那不叫网恋，她是我一个同事，知道我结了婚的，但还是缠着我。"

我说："你真是和老刁说的一样，狗改不了吃屎。"

他说："我又没和她上床，只是平时在网上聊得多而已。"

我赌一块钱，刘光天肯定在网上对那个女同事说了什么话，才让史燕离家出走。逼问下，刘光天承认，他对女同事说："自己和史燕已经没什么感情了，两个人凑在一块过日子而已。"

我说："刘光天啊，你怎么就这么不要脸呢?"

他右边平静，左边愤怒，要不是最近史燕闹成这样，我还不会在网上找人倾诉，倾诉来倾诉去，就倾诉出那么一点感情了。但我不会离婚的，绝对不会，我没有做对不起她的事。

我叹气，说："你说和她已经没感情，就已经伤她很深了，你那个女同事也不是什么好鸟，明知道你结婚了，还和你这样腻歪，你叫我怎么说你呢?"

他不服气，说："我说着哄她的，又不是说真心话，我都和史燕结婚了，怎么可能没感情。"

我说："你还是去把你老婆哄回来吧，道个歉，拉个黑名单，就大结局了。"

他说："她连电话都不接，我根本不知道她现在在哪儿，懒得管她，等她想通了自然会回来。"

我实在不知道说什么，毕竟这也是人家家务事，和老刁的事有着本质性的不同。

我马马虎虎地看了一下壁纸，就离开了刘光天家。

因为周末王皓也要去工地，我实在是百无聊赖无处可去，给刁媛媛打电话，她说她也在工厂，有批单子出问题了，她在处理。

我就去了我二姑家。

到了我二姑家，我才知道汪特翰和小樊果真离婚了。汪特翰说小樊要告他，说手里攥着他一张二十万的欠条。

“那是我以前和她开玩笑写着玩的。”汪特翰后悔得差点没泪流满面。

我二姑说：“妈的小骚货，欺负到老娘头上了，不怕，今天我帮你去问了律师了，律师说假如她拿不出这二十万的用途举证，也拿不出当时银行的存款证明，咱们就不会白白给她二十万。”

汪特翰现在和小樊搞得像仇人一样，让人看着都感慨万千。

晚上睡觉前，正看着杂志，王皓就凑过来，说要和我商量个事儿。

我说：“有屁快放。”

他说：“我的好老婆，你看这么着好吧，今年过年，你跟我回河北，我们结婚第一年，还是回我家……免得让人说闲话，行吧？”

这就是嫁个异地男的最大坏处，过年两头跑，还要拿出抢银行似的勇猛抢火车票，火车票抢到了，还要安抚好自己的爹娘。大过年的，女儿不在身边，多失落。

最让人纠结的不是这个，是大过年的，还要踩着雪走亲戚，七大姑八大姨全都要走到位，一个都不能落下。赔笑脸，装淑女，更烦的是吃了饭还得违心地主动去帮忙刷碗。那一堆油腻腻的碗啊，大冬天的手套都没一支，想起来就已经开始打寒战了。

我挺不想去的，一直紧闭着嘴不吭声，王皓见我不吭声，就说："你说话呀。"

我说："能不能不去？我在北京过年，你回家陪你爸妈？"

他一下就从床上弹起来，有些激动地说："你见过哪家夫妻过年各过各的？"

我半开玩笑地说："老刁。"

他说："那是她！如果我也找个和我平日里不一起生活的结婚，这种事我也做得出来！我每天都在你家，你一年里就跟我回家待五天怎么了？我家有多破烂，让你连个愿意的话都说不出口啊？"

算了，还是谨记我爸的教诲，忍忍，只要不是原则性的错误，忍一忍。

更何况这小子软硬夹攻，我毫无抵抗之力。

我就挥手说："别吵啦，我去我去。"

他还是有些不满，钻进被窝的时候还嘟嘟囔囔，我气得在被窝里踹了他一脚，说："都说了去，你还叽叽歪歪个什么劲，烦不烦！"

他就跟摸了电门一样，一下弹起来，只穿着棉毛衫棉毛裤站在床边叫："你踢得疼不疼?!"

我有些摸不着头脑，怎么刚才都还好好的，一下就变身小超人了？

他说："你不想去没人逼你去，省得你去了还拉着个臭脸对我爸妈，上次结婚的时候回家，我让你叫人，你那笑跟哭似的。"

"哎哟哎哟，"我说："笑起来跟哭似的，我什么时候变崔永元了啊？我笑也有错，不笑也有错，那劳烦您告我一声，什么表情最好?"

他说："演戏也要演个全套的，你倒好……还不如不去。"

我正要开口，我妈就在外面敲门，说什么点了，还不睡觉，准备接邻居投诉啊。

我恶狠狠地说："懒得和你争！"

那天晚上，他没过来解我睡衣扣子，我也不想热脸贴他冷屁股，就两个人背对背地睡。第二天早上起来，他还是一副苦大仇深的样子，好像我昨天晚上就已经对他妈拉脸子了一样。

既然要冷战，就要有个冷战的样。我本来就没做错，为什么要道歉？

下了班我就去找刁媛媛了。

刁媛媛现在大多数时候都在家休养，整个人都胖了一圈。

我一坐下就开始噼里啪啦地对着精神垃圾桶倒垃圾。我说："我真不想跟他回去，他家亲戚我明明不认识，还要装得多熟络，还有他那帮子狐朋狗友，那叫一个庸俗，说起话来一股子铜臭味。"

刁媛媛说："这些都没什么，春节最难的是火车票，你有绷紧神经抢票的准备吗？"

她这一句话说得我更加头疼。我无奈地说："那你告诉我怎么办，不去？"

刁媛媛说："为什么要去？为什么家庭和谐就得你让步？你家那个男人拿

来干嘛的？以前我没孩子的时候吧，我总是觉着自己要让让别人，忍忍就行了，可现在我有了孩子，才意识到，我要先学会保护自己，才能更好地保护我的孩子。”

老刁这个精神垃圾桶完全敞开了听我倾诉，我就更加愤慨，跟倒苦水似的继续说：“为什么他就不能陪我在北京过年？我们结婚，他爸妈只给了我一万二的红包，我们家虽然给的不多，但他现在吃住都在我家，跟我们家养的米虫没两样，一个米虫还有那么多要求，真是让人笑死。”

刁媛媛就说：“你还是省省吧，他爸妈那情况，没反过来找你们要钱都算深明大义了，困难的还在后边儿呢，他妈万一发病了去医院，花个十来万也不是没可能，那钱怎么办？找你要？好啊，反正都是找你要，他妈也觉着你有钱，到时候挖不空你才怪。人善被人欺，你从一开始就一定要把她儿子锁在自己身边，让他妈知道，现在他不只是你儿子，还是你的丈夫，凭什么事事都要顺她的意思，让你自个受委屈?”

她这个观点我有点不赞同，难道他妈犯病了去医院没钱，眼睁睁地看着他妈死?

刁媛媛说：“汪燃，你还记得兰芬芳吗?”

“记得啊，怎么了?”我不解地问。兰芬芳也是以前纺织厂的一个玩伴，当年和刁媛媛并称纺织厂两大幼虎。前些年听说她结婚了，婆媳和睦，幸福得让人羡慕，我都还挺吃惊。这母老虎还能婆媳和睦？

刁媛媛惋惜地说：“她就是一个例子，刚结婚的时候，是所有人口中的好儿媳，去年她婆婆查出来尿毒症，为了保住好儿媳的名声，她每个月都要拿一大笔钱出来给她婆婆洗肾，那叫什么洗肾啊，完全就是洗钱，大把大把的钱砸进去，一个六七十岁的老太婆，活也活够了，还压榨人家的血汗钱保命，真是操蛋。今年兰芬芳终于觉得这是个无底洞，就停了给她婆婆洗肾的钱，别人知道了，都在说兰芬芳没良心，以前模范儿媳都是装出来的，这舆论弄得她现在都快离婚了。按我说吧，反正都是离婚，还不如一开始就把自个家和婆婆家划分清楚，露出自己真面目，何必为了那些假和睦费尽心思呢？这婚姻啊，本来就是如人饮水冷暖自知，没必要在自个老公面前打肿脸充胖子，迟早都要露馅的，你说对吧？”

我懂老刁的意思，她是让我强势一点，不要事事都像个软柿子一样被人捏来捏去。

在刁媛媛的建议下，我就打定主意让王皓这个年在北京过了。老刁还建议，假如他妈身体有所好转，就让两个老人一起来北京，顺便旅游。反正他爸妈没工作，随时都能买到火车票。

对。我暗暗点头，这样王皓还不同意的话，那我就和他分开过。老刁说得对，凭什么让我自个受委屈。

当时我脑子一热就接受了这个意见。

要是我们在自己的感情世界里能做到旁观者清，那我们就不会失去太多。但两个人没有了感情，只剩下斤斤计较，那何苦还要在一起呢?

感情和理智，是一个妈生的，却是无法共存的东西。

晚上回去，王皓还是不理我，端了一盆洗脚水在客厅里泡脚，见我回来了，眼皮也不抬一下。

我走过去，他朝边上挪了挪，脸上好像写着：冷战，请拿出气势来。

我撇了撇嘴，转头对我爸说："爸，今年过年，我想把王皓他爸妈接来北京过，你们和他们还没见过面儿呢，要是来得早，就带他妈，找个大医院做个全方位的检查，过年火车票不好买，就让他们提前来，住到元宵过了再走。"

眼角的余光瞟到王皓，他一下就把头抬起来了。

我爸说："行啊，没问题，我把书房拾掇拾掇。"

我看了一眼那小子，他赶紧把头低下去，装拧抹布的样。

睡觉前，他主动过来抱住我了，在我耳边轻轻地说："老婆，我错了。"

当时我心里就甜蜜了。嘿，还真别说，老刁的确有两把刷子。

可今年是过了，明年怎么办呢?

想到最后，睡意上来，我也懒得想了。甭管明年了，明年再说明年的事儿。

3

史燕已经离家出走一个星期了，刘光天也回公司上班了，老总还是被他的左右不一吓了一跳，连连说："小刘啊，在你的病没好之前，就去接客户电话吧。"

刘光天也知道自己这张脸不能见人，只好服从。接电话就只有净工资，他的收入一下就矮了一大截。老婆赌气跑了，降职，面瘫，让他这段时间要多哀怨就有多哀怨。哀怨无处抒发，就找了那个女同事出来谈心事。

刘光天这完全是没事找事型，他完全不知道史燕在他手机里弄了一个卫星定位。史燕的监控随时都跟着科技进步，连卫星都用上了。

两个人在头碰头地吃味千拉面时，史燕就出现在他面前了。据说当时刘光天没看到史燕在远处观察，还捏了捏他那小猪头的脸，捏了之后，他那小猪头就被史燕打成了真正的猪头。

史燕走进去后，左右开弓地给了小猪头几个耳光，最后端起桌上的拉面，连面带碗扣在了小猪头的头上。

刘光天还傻乎乎地跑过去抱住史燕，让顶着碗的小猪头快跑。

史燕一口咬在他的手上，然后朝下身狠狠地踢了过去，刘光天痛得蹲在地上时，史燕咬牙切齿地挤出两个字，离婚！

这次史燕是来真的了，无论刘光天怎么解释，无论刘光天他妈怎么上演苦肉计，她都岿然不动，只有两个字，离婚。

她还把刘光天和小猪头的聊天记录下载，截图，打印，甚至连刘光天的话费清单都复印了一份，要是刘光天敢不净身出户，就去法院，法院不管她就去找道上的人，倾家荡产也不能让刘光天好过。

这件事在公司闹开了，小猪头在所有人面前哭着说是刘光天先来勾引她的，还把刘光天从前也出轨的事爆了出来，现在公司上下所有人对刘光天侧目而视，要不是他手里捏着几个大客户，老总估计早找个借口把他给炒了。反正这段时间，刘光天上班的心情比上坟还要沉重。

我得知整件事后，问刁媛媛要不要去安慰一下刘光天，老刁说："安慰他？我看他还是安息得了，众叛亲离，男人活到这个份上，还不如死了算了，他跟史燕都闹成这样了，你觉得两个人能毫无隔阂地处下去吗？"

我想了想，有些惋惜，说："其实史燕挺爱刘光天的。"

"狗屁爱情哪！"刁媛媛长长地出了一口气，说："夫妻本是同林鸟，大难临头各自飞。"

我说："你也别把婚姻说得那么不堪……"

她摇摇头，带点羡慕地对我说："汪燃，你的小日子过得不错，顶多也就是不喜欢他家那氛围而已，不喜欢就避免见面，这很容易解决，另外小意见不同，磨合磨合，商量商量也就完了，但你不知道，多少夫妻是生活在貌合神离之中啊，珍惜吧。"

我说："我听着你是在夸我，但怎么咂巴了半天，还是觉得你在损我？你是不是非要一盆兜头冷水浇得我透心凉才开心啊？"

正说着这话的时候，张启冈他妈就来摁门铃了。最近张启冈他妈来看望刁媛媛特勤快，隔三岔五地提着补品来探望她。

她告诉刁媛媛，张启冈最近特安分守己，知道刁媛媛不见他，就劝自个老娘来补偿一下刁媛媛。

刁媛媛只是淡淡地哦了一声。

张启冈他娘就放下东西，出门前还问刁媛媛要不要吃燕窝，下次她给她炖燕窝。

刁媛媛说不用了。

张启冈的老娘是拿出了感化连环杀人犯的劲来感动刁媛媛，但刁媛媛始终不领情，在他妈出门后，老刁冷笑着对我说：“我算是看透了，谁不知道她家那点事。”

我当然知道，张启冈家的那点破事，找个胡同口的人一问就知道了。他爹的精子基因特别不好，当年在他之前还有两个，一个是死胎，一个生下来就因为先天性疾病死了，到了张启冈，宝贝似的疼着养活才长大，结果基因也不好，禽兽都比不上。

担心张启冈也有精子弱的遗传，所以刁媛媛怀上一个，他妈当然特别珍惜。什么张启冈让她来探望的，简直编得跟西游记一样不现实。

什么燕窝，什么欣赏独立女性，都是狗屁。

可刁媛媛他妈不这样认为，她总是劝自己女儿，婚也结了，孩子也有了，就算她是为了孩子才巴结你，你也不能伸手打笑脸人啊，咱做人，得有点人情味。

刁媛媛一直没把这话放在心上，直到有一天，她妈下楼梯没留神，弄成了骨折。在家里躺着，准备请个保姆来照料的时候，张启冈他妈袖子一挽，说："女人还得女人来疼，照顾你妈这事儿我包了。"

这接连几天都是她用那虎背熊腰背着刁母跑前跑后。

刁媛媛她妈被彻底感动了，开始和张启冈他妈统一口径地游说她，搬去张家，和张启冈一起生活，这夫妻，也该有个夫妻的样不是。刁媛媛打死也不肯，她妈就对着她哭，说这些年把她带大不容易，不想让女儿也走自己的老路，老泪纵横的，我估计老刁快抵挡不住了。

我被刁媛媛和刘光天这两件事弄得感慨万千，就在某天睡觉前对王皓说："我仔细想了一下，虽然咱们现在没什么钱，两个人还在磨合期，有时也吵架，但至少还挺幸福的，日子一定会越过越好。”

王皓说：“老婆，认识你这么久，你终于说句人话了。”

是啊，人无完人，又有钱，又帅的，又疼老婆的，脾气特好，父母双亡并且完全专一的男人不是没有，但轮不上咱，好白菜都让猪拱了。即便轮上了，我这一张嘴，估计也无福消受。

不如找个有小缺憾的，但无伤大雅的男人过一辈子，至少还能相爱，不用互相伤害。

这头汪特翰在离婚，那头刘光天也在离婚。婚姻让人越来越害怕，好像只要一个不留神，本来能走一辈子的人，就成了仇人。

那么这年头，还有什么可以相信？

有了这些人的对比，我有些飘飘然了，但很快，飘飘然的心就沉重下去了。我算了算，还有一个月就过年，就意味着王皓他妈快来了。

到现在，冷静下来，才发现自己是吃多了撑的，没事找事。我一个人跟着王皓回去，也不过受五天的罪，现在把他妈弄我家来住，不只要多受几天的罪，还让我爸妈也受罪。

话都说出口了，怎么办？总是脑子一热，说出不经大脑思考的话，现在还做出这种不经大脑思考的事，我真想抽自己。刁媛媛是建议他爸妈来北京，可人家没建议过住我家。

没办法了，只能硬着头皮上。

第六章　婚内 AA 制

1

王皓他妈来的前一星期，刁媛媛就出事了。

本来到了春节前，刁媛媛的肚子都挺得老高了，她说要开始准备小衣服了，那天乐呵呵地告诉我，她找了个熟人，B 超照出来是个女孩，以后要送小衣服，记得送女孩的。

我开心极了。老刁这些日子没什么顺心的事，工厂那边和朋友也闹翻了，准备生了孩子就分钱走人，还有就是在她妈的软硬兼施下，勉强让张启冈搬来和她一块住了。但张启冈真不是东西，什么家务都不干，不仅让钟点工给他洗内裤，还让人家做各种高难度的菜给他吃，钟点工一怒之下辞职不做了，现在没找着合适的保姆前，老刁还自己挺着个肚子晒衣服拖地板。

我说："行啊行啊，我找人给你女儿打个长命锁，再去找个和尚开光了，不过我最近手头有些紧，只能给你打个纯银的啊。"

老刁说："没问题!"

本来挺开心的一件事，但在我和刁媛媛分开后的那天晚上，张启冈就因为刁媛媛没借他二十万做生意，和她吵了起来。

那天晚上，张启冈喝高了，回来就朝刁媛媛撒气，说自己因为没投资，现在朋友赚到钱了分红利，当初投了钱进去的，最少的也分了五万。

刁媛媛没理他，径直走回房里。张启冈找不到地方撒气，就冲到房间里对着老刁大吼大叫，说什么 9 块钱就买了老子的头婚，天底下哪儿去找那么便宜的事。

刁媛媛当时就拿起手机拨了 110。拨了 110 后，张启冈更加怒火攻心，说要死大家伙一块死，就抓着刁媛媛的头发，把她从卧室生生地拖到阳台上，非要把她推下去。

就这样，推推搡搡地，在阳台的护栏上挤来挤去，老刁就小产了。

我赶到医院的时候，刁媛媛的妈也送急救了，脑溢血，不知道能不能抢救得过来。她最后一句话就是，我害了我的女儿啊。

我没敢告诉老刁她妈脑溢血的事，只是求医生，能不能暂时别给病人讲。

医生看了看病床上的老刁，叹了一口气，说："你们照顾好她的情绪吧，她现在情绪也很不稳定。"

我走到刁媛媛身边，看到她眼角的两行泪，我自己也忍不住哭了。

我们都没说话，病房里很安静，直到刘光天赶来，才打破了这个难以启齿的场面。

刘光天的面瘫已经好得差不多了，但一激动起来，嘴巴还是在抽搐。他说要去找人剁了张启冈，丫的就是一杂碎。

我看着病房里还有其他病人，就赶紧把他拉了出去。

他还是挺激动，说张启冈只要出了警察局的门，就让他竖着出来，横着进太平间。

一个护士把头伸出来，对着刘光天喊："小点声，别打扰病人休息。"

我就小声说：“瞧见没，让你冷静点，现在最重要的不是报复张启冈，是刁媛媛的事儿，刁媛媛他妈还在急救室抢救，你能不能安生一会儿?”

刘光天说：“别说刁媛媛我们仨一块儿长大的，这么恶劣的事情，换成任何一个有血性的男人，都看不下去。”

我说：“我知道你看不下去，但你现在看不下去也得看，对了，你和史燕怎么样了?”

我不是在这种场合八卦，而是问问他，如果和史燕还没离婚，那就我一人守刁媛媛足够了，男女有别，省得别人戳老刁的脊梁骨。

刘光天说，前两天就把离婚手续给办了，房子给了她，存款一人一半。

我正琢磨着什么时候换他来替我看着刁媛媛的时候，就听到刁媛媛在里面叫我的名字。

我进去后，她第一句话就是：“帮我找个律师，我要离婚。”

那天我在医院待了一个晚上，一大早刁媛媛就把我拍醒，催我回去，她说她没事了。

我还是不放心，打电话叫了刘光天来，并且叮嘱他千万别告诉刁媛媛她妈脑溢血还没醒。刘光天说：“放心吧，我还没蠢到那个地步。”

班是上不成了，我就去公司请了假，正准备回家补觉的时候，就接到王皓的电话。他说他妈说买了后天的火车票，看能不能后天去火车站接一下。

这几件事加到一块，简直让我头疼得要死。我就在电话里对他发了脾气，说：“现在谁还有心思听你说这事儿?”

他说：“你发什么神经，昨天晚上我加班加了个通宵，今天还要去和客户谈一个项目，我天天累得跟狗一样，你这叫什么态度？你怎么就没心思了?!”

我知道自己话说过火了，语气就软了下来，让他帮我找个律师，他问我怎么回事，我就把实情告诉给他听了。他听了，沉默了很久，说：“我去问问，我不知道事情变成这样了。”

世界上没有解决不了的误会，除非那不是误会。我就说：“我后天去和你接你爸妈，真是，一波未平一波又起。”

他说：“什么叫一波未平一波又起？去火车站接我爸妈，那叫什么波?”

我不想和他吵，就把电话给掐了。守了一个通宵，大脑欠缺思考。

在家里睡觉睡到下午三点的时候，王皓回来了。他进了卧室，在我的头上轻轻地吻了一下，在我耳边轻轻地说："臭丫头，说话真是……还是不知道什么叫轻重缓急。"

我就醒了。

他告诉我，回来前去了一趟医院，去的时候，张启冈正在医院里闹，说要离婚可以，先给他三十万。

我冷笑："张启冈那个欣赏独立女性的老娘哪儿去了呢？她不是挺喜欢刁嫒嫒吗？"

王皓说："鬼影子都没见着，我已经告诉张启冈了，律师请了，这律师不止擅长打离婚官司，还擅长打故意伤害。"

我问："你找着律师了？"

王皓说："没，我吓那禽兽的。"

突然，我觉得我身边这个男人，他能给我安全感，他的臂膀，能围成一个强有力的保护罩，保护我，甚至保护我的家人，我的朋友。

去接王皓他爸妈的时候，我买了张轮椅，心想他妈要是走不动了，还能坐坐。王皓说："你看你净瞎买东西，我妈犯得着坐轮椅吗？"

我说："你懂什么，你爸出去遛弯的时候，用这个推着你妈去，还能遛远点，你妈也不用走不了多远就说累了。"

他就用手捏捏我的鼻子，眼睛里都是溺爱。

到火车站接了他爸妈，又打了个车回家。车费一百多，心疼得我快哭了。

明年春节一定和他回去，再也不干这种蠢事了。一个月，要是每天都花两百多，我们一个月的工资都没了。

不是我这人庸俗，我这两天一直在琢磨这个问题，足足一个月，先不说看病的钱，平时的生活费怎么办？我爸那种老好人一准每天自个去买菜，不会让他爸妈掏一分钱。

这问题，在晚上睡下后，我就和王皓说了这心事，当然，我是打了万千次腹稿才说出来的。王皓说："这问题我也想过了，咱们帮他们出了吧。"

虽然说夫妻不能分彼此，但凭什么我们要好吃好喝地养着他爸妈，却在我爸妈这里白吃白喝？于是我说：“你准备怎么出？我爸这个老好人会要你的钱?”

他说：“那你说怎么办?”

我说：“这个月，咱俩 AA 制，还房贷的钱咱俩都拿出来放桌面上，这钱谁也不许动，剩下的分开支配。还有，平时你也让你爸去买个菜什么的，别老是让我爸买菜。”

他冷笑一声，说：“买菜花得了你几个钱？AA 制？亏你想得出来。”

我说：“没错，是花不了我几个钱，但为什么我们每个月都在这里白吃白喝，你爸妈来了还要让我爸妈养你们一家子?”

他说：“什么叫养？你这话是不是太挖苦人了？当初是你让我爸妈来的，现在因为几个菜钱斤斤计较，你说的还叫人话吗？我家需要你家养吗？我又没说过让我爸妈来白吃你家，我不是都说了出这钱吗？几个菜钱要得了多少？你就跟我 AA 制?”

我知道我这人不会说话，但他这样说，我也很委屈，就说：“王皓，你现在要弄清楚，我们现在看上去是一大家人，但却是三个小家，每家的钱自有每家的用处，我们要还房贷，手里也没几个钱，本来这段时间啃老我就已经够愧疚了，现在这样我更愧对我爸妈。”

他说：“房贷的钱我拿出来就是了，平时我一分钱都没寄回过家里，我爸都一把年纪还出去卖盒饭，为的是什么？就是不给我们增加负担！我平日的钱全用在我们的房子上了，我爸妈现在好不容易来一次，话说难听些，我妈这身子，还来得了几次？就这样还要让他们自己掏腰包交生活费，什么道理?!”

我越想越委屈，一口气憋在胸中出不来，他也闷在一旁抽烟。

这个时候，我听到我爸在外面说：“亲家，我给你们加一床被子啊，这被子是新的，还没盖过呢，羊毛被，特暖和。”

那被子是别人送的，一千多一床的羊毛被，我爸妈一直舍不得盖，说留着，等我们搬了新家送给我们。

我一下就哭出来了，一边哭一边说：“王皓，你们一家子是不是要把我家榨干了才甘心?”

他没说话，一直没说话，把头深深地埋进臂弯里，烟烧到手了，他才突然抖了一下。

扔了烟头，他拉开门，敲开了书房的门，说："爸妈，收拾一下，今天晚上我们出去住，明天我送你们回河北。"

我爸就从卧室里蹬蹬噔地跑出来，我听到他问："你和燃燃又吵架了?"

他妈说了一句话，具体是什么我没听到，我只听到他说："我们走，这里容不下我们。"

他爸跑到我们的房间，看着正在哭的我，转身就给了王皓一耳光，骂了两个字："混球!"

我爸把他爸连推带拉地弄回书房，说："孩子的事儿让他们自个儿解决，你们好好休息，一路颠簸的，也累了，小夫妻的，哪有不吵架的。"

可能是那一耳光打醒了王皓，他走回我们的房间，用力地关上了门。

我是第一次看到他哭，先是抱着头小声地呜咽，然后是喉咙里开始哽咽，大颗的眼泪从他的眼里滚下来。

那晚，他盖着羽绒服睡在地板上，我在床上也是翻来覆去地睡不着。我想，或许这段婚姻一开始就是个错误，但是他爸妈没错，我爸妈也没错，错的是我们之间的差距。

汪特翰离婚了，刘光天离婚了，刁媛媛也离婚了，我呢？

一大早醒过来，王皓已经去上班了，我出门就撞见他爸妈，挺尴尬的，于是只叫了一声爸妈，就匆匆地刷牙洗脸完毕走人了。

我满怀心事地捏着一根油条去地铁站的时候，发现油条弄得我一手油，就翻包找卫生纸，没留神连人带油条的撞上了别人。我赶紧道歉，但发现对方的衣服已经被弄污了一大片。

我心里一惊，完蛋了，该不会说这衣服是阿玛尼的，要我陪个千儿八百的吧？

正在我惴惴不安的时候，对方连连摆手说没事。

我还是鞠躬，道歉不止，却不留神瞅到了他的皮包，上面写着 XX 律师事务所。

我说："你是律师？"

他一边擦身上的油印，一边嗯了一声。

我弱弱地问："能把您名片给我一张吗？我有个朋友，最近打离婚和人身伤害官司，老没找着合适的律师。”

他愣了愣，我又赶紧说：“不给也没关系，我随口说说而已。”

他就笑了，从包里拿出一张名片，双手递给我说：“我叫马越恒，刚毕业，还在实习，你要打官司我帮你问问，我们所好像有个律师擅长离婚方面的。”

“谢谢了。”我接过名片，他笑笑就走了，走了没多远，我突然想起了什么，连忙追上去说：“我不是搭讪的啊，真的不是，我都结婚了。”

他囧了一下，说：“我知道。”

平时这种和陌生人说话的事儿我从不敢做，是老刁赐予了我无限的勇气。

2

刁媛媛在恢复过来后，开始准备她和张启冈离婚的手续。律师是马越恒帮她找的，是个女的，在听了刁媛媛的事情后，面无表情。大概是这种事看多了，也就麻木了。老刁告诉律师，一分钱也不会给张启冈，并且还要告张启冈故意伤害。

律师说问题不大，只是刘光天还不服气，说要搞死丫的。

刁媛媛说："别给我添乱了，我现在没那个精力，我妈半边身子都偏瘫了，我这段时间要忙官司，要照顾我妈，还要去工厂守着那帮人。"

我就顺带问了问律师，要是我现在离婚，我和王皓的房子怎么分？

律师还没答话，刘光天就不耐烦地说："你没事来掺和什么。"

每个人的婚姻都有说不出的苦衷，物质上满足的，精神上满足不了，精神上满足的，物质上满足不了。我不知道我们的婚姻问题，到底是严重还是不痛不痒，只是我现在很压抑，进退两难。

以前觉得离婚官司离我很远，可现在我身边有两个人在打离婚官司，一个是汪特翰，一个是刁媛媛，都是为了对方想要分一笔离婚财产。

钱是什么？钱是王八蛋！

最近老刁忙得要死，下了班我找不到人打发时间，又不想回家，就去了我二姑家。我姑父不在家，估计是和别人去下象棋了。我二姑给我倒了杯水，说："怎么样，把他爸妈弄来，后悔了吧？"

我说：“别提了，悔死我了。”

她说：“我听你爸说了，你们就是大钱的矛盾不现，小钱的矛盾不断。”

我说：“二姑，到现在我才后悔当初没听你的话。”

我二姑连连摆手，说：“别介，别把这帽子扣我头上，我戴不了。女人哪，结婚前得睁大眼睛，结婚后就要闭上你的眼睛。当初我怎么说你，你都说感情重要，现在怎么又没感情了?”

我说：“感情是有，但每次吵架都为了钱的事儿，我真的快疯了。”

我二姑叹了一口气，说：“你们现在吵来吵去，无非都是为了柴米油盐，但小吵也是很伤感情的，就像我和你姑父，这么些年了，要不是为了汪特翰，早离了。”

她像自言自语似的说：“你姑父哪儿都好，不赌不嫖，就是挣不了钱，当初我一个女人，风华正茂的时候，在外边儿风吹日晒地卖水果，从前想想，觉得真是找了个窝囊男人，但现在老了，凑合着过吧，人啊，老来得有个伴儿啊。”

这话说得我挺心酸的，我仔细回想了一下，王皓也没什么坏习惯，唯一的缺点就是家里条件不好，可他至少还顶得起我们的小家，也在为我们将来的生活努力奋斗着，我们完全可以牵着手一起前行。

但一想到他家里的条件，我就又退缩了。

这就是进退两难。

正在我胡思乱想的时候，我二姑拿了一瓶药酒出来，开始揉自己的手腕。我问："你手腕怎么伤了?"

她说："那骚货上门找碴，我和她打了一架。"

我说："她年轻，你怎么打得过她?"

我二姑冷笑了一声，说："怎么打不过，别看我动了手术没多久，那小娘们的头发都被我扯了一把下来，头顶都秃了一片。年轻的时候要保住你姑父的安稳生活，现在老了要保住儿子，我这辈子就这么为别人，忙忙碌碌地就过了。"

我发现我不能再多待了，最近本来就悲观，现在被我二姑的情绪一影响，我更加低落。

于是我就找了个借口离开了。

回家前，我查了一下房贷卡上的钱，发现王皓已经把房贷的钱打进去了。回到家，王皓和他爸妈还没回来，我爸在看电视，见我回来了，就随口问了一句吃饭没。

我当时一下就哭出来了。

我真是怕极了，我怕成我二姑的翻版，这辈子都为了别人忙忙碌碌的。

我说："爸，我想离婚。"

我以为我爸要臭骂我一顿，不是狗血淋头，至少也要狂风暴雨淋漓尽致一番。但没料到他竟然坐下来开导我，说："过日子谁没个磕磕碰碰的，你才结婚几个月，就要离婚？不怕别人看笑话。"

我一边掉眼泪一边说："可我过得一点也不开心。"

他叹了口气，说："那你说说，怎么样才开心？"

我说："每天吃住都在这里，我总感觉自己像在啃老似的。"

他说："这哪能叫啃老呢？吃两顿饭就叫啃老了？你妈刚和我结婚的时候，厂里离你姥姥家近，我们也天天去你姥姥家吃饭，可你姥姥挺开心的，说自己每天最开心的事，就是琢磨做什么菜给我们吃，这人一老啊，就喜欢一家人坐在一起开开心心地吃饭。"

我说："可我现在不止吃两顿饭，还在家住。"

我爸说："房子装修好了你们就搬新房呗，现在只是暂时的，又不是住一辈子，再说了，平时你们不也大包小包地提水果提零食回来吗，家里的日常用品你和王皓也常给我们补上，我真不知道你计较这些干嘛。"

我还有个心结没打开，吞吞吐吐地说："我让他爸妈来，您一定觉得我不懂事，过个年都不安宁。"

我爸说："来都来了，你说些什么话？谁家平时没个客人什么的，更何况还是我们亲家，客人在家里住个十天半月的，也没什么，你忘记陈宝元了吗，你陈叔叔的女儿，前年来北京找工作，在我们家住了三个月，这又有什么？"

陈宝元我当然记得，那臭丫头在我家白吃白喝了三个月，什么家务活都不干，那床羊毛被就是她老爹过意不去送给我们的，另外还给我爸拎了两瓶茅台，给我妈从国外捎了一条爱马仕的丝巾，给我买了一玉貔貅。

我有些犹豫地说："其实我最不开心的，就是我们一家子付出的比他家多了去了。"

我爸说："你怎么结婚了还要算成王皓一家，我们一家？现在你和王皓才是一家，你们平时对我们好，我们都看在眼里的，王皓这孩子实在，也懂得尊重人，他父母偶尔来下，表达下孝心，换成谁都说得过去，做人啊，不能太斤斤计较了，不能因小失大，为了那点钱，一点感情都没有了，还叫人吗？"

有时候，我爸妈在我眼里，确实很幸福。幸福的家庭，必定有它的相处之道。我爸当年也和王皓一样，什么都没有，结婚的时候，还是我姥爷找了个职工宿舍给他们暂时作新房，并且我爸一分钱没有，相反是我妈用攒下的四百块钱打了四件家具。可这些年来，他们的幸福让所有人都看在眼里，幸福得让所有人都忘记了这些小事。

见我不说话了，我爸就说："还有什么想不通的吗？"

我说："没了。"

说完这话，我就进房间给王皓打电话。他淡淡地问："什么事？"

我说："你现在在哪儿？"

他说："我在西单这边，陪我爸妈转转。"

我问："买的轮椅好使吗?"

他顿了一下，说："还行。"

我说："我过来找你。"

嗯："好。"

在西单的一家鞋店我找到了王皓，他正陪他妈试鞋，见我进来了，还是那副不咸不淡的表情。

鞋子试好了，我掏出钱包来，他把我挡了回去，说："我自己给钱。"

我说："你一大老爷们，叽叽歪歪的烦不烦，咱妈好不容易来一次，你别这么扫兴给人看笑话。"

他爸就在边上说，我来给我来给。

话还没说完，王皓就从钱包里抽出两张钱给了收银员。

我提着包走在后面，越想越不爽，就快步上去，踢了他的小腿肚一下。他转过来看了我一眼，我以为他又要转过去的时候，他伸手揽住了我，然后捏着我的脸说："怎么，不 AA 制了？"

我说："没你那么小心眼。"

他继续轻轻地捏我脸，用带着宠溺的眼神说："谁小心眼啊？AA 制是谁提出来的？"

我装失忆，茫然地说："谁提出来的啊？真是欠抽！"

他就拍了我的屁股一下，说："抽的就是你。"

我捂着屁股，嘿嘿地笑着跑开。

我爸说得对，我和王皓是一家人。我从此有了自己的小家庭。

晚上是回家吃的饭，我打包了一只烤鸭回家，我爸见我和王皓和好了，也挺高兴，还做了几个拿手的菜，和王皓他爸喝起酒来。王皓他爸对我说："王皓啊，这孩子从小就被我们惯坏了，要是他欺负你，你告诉我，我来揍他。"

我爸一边斟酒一边说："您现在估计是揍不动喽。"

他爸说：“揍不动拼了老命也要揍，欺负女人算什么事儿，还是欺负自己媳妇，我从前可没教过他这些。”

王皓他妈说：“你瞧，又喝多了，一喝过了，话就特别多。”

他爸就笑着对我爸说：“今天开心，我有些话也干脆说了吧，汪燃第一次来我们家的时候，我这爱人说了些不合时宜的话，我和王皓都不在，后来王皓还非让她吃卖剩的盒饭，我在路上就说了不兴这些，王皓这孩子就硬说汪燃不娇气啥的，我从那时候就开始担心，第一次来我家就这样，会不会把这么好的媳妇给吓溜了，现在结婚了，我也踏实了，唯一的希望就是这两个孩子好好过。”

我看了一眼王皓，心里有些不舒服，具体是哪儿不舒服，又说不出。但是我俩刚刚才和好，我不想说出来坏了气氛，就暗暗地压了压，然后笑着给他妈杯子里添了一些果汁。

晚上睡觉前，我在网上打游戏，但怎么都进入不了状态，后来我终于找着那不舒服的原因了，就转过脸去，皮笑肉不笑地问在床上玩手机的王皓：“小子，感情第一次去你家，是你让我吃剩菜的？”

他眼睛都没抬，说：“咋地，不能吃了？”

我说："不是，我当时好歹也是你第一个带回家的女朋友吧，你就拿剩菜打发我?"

他说："我不是说回来带你去吃泰国菜吗？你说你在我爸妈跟前，非把你那大城市人的优越感做出来干什么啊?"

"优越感?!"我从鼻孔里哼了一声，本想把气势给哼出来的，但没想到一哼，把鼻涕给哼出来了，两条长龙搭在上下嘴唇之间，王皓看见了，笑得跟抽风似的，他一边给我找抽纸一边说："瞧见没有，无论你是多高贵的人，都要擤鼻涕挖鼻屎。"

我就一把抓过他递过来的纸巾，赶紧地擦干净了，说："少来，好像我当时不艰苦朴素，你爸妈就看不上我了似的，谁求着嫁给你啊？要是没你的出现，姑奶奶早就嫁个大官做夫人了。你听见今儿你爸说的没，要不是他老人家今儿喝高了，把你的丑陋嘴脸暴露出来，我还要误会他不知道多久，你真恶心，吃剩的就能抬高我的形象？我呸！亏你想得出来。"

他说："快上床来睡了吧，你看你都冷出鼻涕来了，别等会儿又跟冰锥子似的钻进被窝里咯我。"

我把脸转过去，确保这次鼻子里没东西了，才重重地哼一声，说："不睡!"

他躺下去，看着我说："这可是你说的，谁上来和我一块睡，谁长痔疮。"

我一看时间，都十一点半了，就关了电脑，跳上床，把王皓往下面踹。他装无辜地说："你踹我干嘛?"

我说："不和你一块睡，省得我长痔疮。"

他说："别踹了，我长痔疮行了吧，天多冷啊，要是感冒了发烧了什么的，谁挣钱还房贷啊?"

我又哼了一声："哼，好像我不挣钱似的，好像我挣得不比你少吧，哼，就你那俩子儿，还不够你自个花的，别以为女人不挣钱，哼!"

他就一把把我抱住，说："少奶奶，别踹了，也别像头猪似的哼哼了，睡了吧，我真困了。"

睡觉前，我想起今天他给他妈买了一双布鞋，不行，明儿我也要给我老娘弄一双回来，我妈的脚跟我差不多大小，试着合适了我就买回来。天底下不止你王皓一人知道孝敬父母。

想着想着，我就睡着了。

第七章　谁是谁的第三者

1

我去看了刁嫒嫒，刁嫒嫒现在已经恢复得差不多了，刘光天整天陪着她，说现在公司是淡季，也没处可去，来陪陪刁嫒嫒，还能打发点时间。

我开玩笑说："当心日久生情。"

老刁恢复了以往的霸气，说："情这个东西是要看人的，有些人，日得再久也生不了。"

老刁就是老刁，从来没有在哪里跌倒，就赖着不起来。她不止站了起来，还站得更高了。张启冈一听说律师要告他故意伤害，胜算还挺大，就赶紧让他妈来给刁嫒嫒道歉。大年三十那天，他妈就又提着那个保温桶上门了，又是炖燕窝又是炖当归的，还说给钱私了，多少钱都无所谓。刁嫒嫒把东西都放在了门外，什么都没多说，只有一句话，这些东西您还是留着去探监吧。

我听闻，大叫老刁好样的，果真长期奔放。

最后，刁媛媛提议，改天请马越恒出来吃顿饭，虽说这官司和他没关系，但他没少帮忙。

我开玩笑说："不如你和马越恒再开始一段春天吧，虽然他不帅，但五官也没哪个长得特别过分。"

这句话，刘光天后来给我的评价是"净在别人伤口上撒盐，刁媛媛现在有那心思恋爱吗？扯淡！我要是你男人，非抽死你丫不可，说话也不看背景。"

我撇撇嘴巴，心想，史燕说话比我更难听，你敢抽她吗？真是说的比唱的好听，切。

就在这个时候，王皓替我解围说："没出来跑过业务，没看过人脸色的，怎么知道什么话应哪个场景，要是她当真圆滑了，就不是你们认识的汪燃了。"

这话看似在替我解围，但前半句打了我五十大板，后半句打了刘光天五十大板，谁都没得罪。我要学着点，免得以后真自己害自己。

一个好男人，能让你越来越懂得宽容，变得优雅，因为他能让你看到生活的希望，一个坏男人，只会让你越来越自私，狭隘，因为在他身上，只能感受到绝望。

把我送回家后，刘光天也把王皓送去了公司。王皓最近特忙，首席设计师了，客户也比以前多了，再加上我们的新家开始装修，说得夸张点，他简直是忙得连放个屁都要见缝插针。

还没到元宵，我们就安全送走了他爸妈。其实在我和王皓和好后的两天，我给他妈买了一条羊绒围巾，晚上准备拿去给他妈的时候，在房间门口，听到他爸说："快来泡泡脚，你明天一定得冲个澡，这是别人家，把新被子弄得一股味多不好意思。"

他妈就说："你天天都唠叨，我来这多少天，就听你唠叨了多少次。"

那个时候，不知道为什么，我觉得挺难过的。说不出来的难过。

他爸妈走之前，去周生生专柜给我买了一条项链，三千多。他爸特别嘱咐这项链是买给我的，说："我们琢磨着，要是给钱，里面就有王皓一份，但这心意是给你的，就专给你买条项链，上次问了我们邻居小姑娘，她说这个牌子的项链好，可我们那里，我转悠了多少次都没瞧见这个牌子，就等到上北京的时候给你买。这女人，还是得有一样首饰傍身。”

我心里一热，突然有些愧疚，之前的确是自己太斤斤计较了，还好及时刹车。

他爸还给我家买了一个豆浆机和紫砂煲，说外面的豆浆都掺了水，自己做的新鲜得多。东西虽然不是太值钱，和陈宝元他爹的出手比起来显得逊色了许多，但那也是他爸妈的一份心意。

刁媛媛的官司在开庭前，她请大家伙吃了顿饭。那天王皓因为要交工，就缺席了，史燕本来在刁媛媛的邀请下也准备来，可刘光天说你来我就走，你非要来我就非要走。史燕就给我打电话，说让我替她转告老刁，因为有个傻逼不让她来，她也不能亲自来助阵了。于是我就代表了王皓代表了史燕，代表了我自己，成为三个“代表”去赴宴。

说实话，马越恒长得还不错，不算帅，但五官看上去没哪个特别突兀，属于长得不咸不淡的一类。他说自己是个外来人员，在这里没什么朋友，能遇上我们，也算是个缘分。当他说到司法考试考了一年就全过了的时候，刘光天说：“咳，哥们，你别说，有人就是天生考试的命，你看我，要不是有北京户口，哪能考得上本地大学，就算上了大学，咱四级如果不是买了答案，连学位证都拿不到，就冲这个，我得敬你。”

刁媛媛就在旁边不痛不痒地说：“别喝了，当心醉驾被查。”

如果没多看刁媛媛一眼，可能我也觉得这话没问题，朋友之间，叮嘱一句很正常，但正是因为我多看了那一眼，就察觉出了老刁和刘光天有点猫腻。

那眼神，分明是对爱人的担心。并不是我擅长察言观色，我和老刁这么多年的姐们了，还是发小，她一个眼神我就能感觉得到。

那天回去的路上，我就想拐弯抹角地问刁媛媛，到底和刘光天怎么回事。

我说：“老刁，你看这官司没什么悬念了，你接下来打算怎么办?”

她开着车，漫不经心地说：“事儿还多着呢，工厂那边还要清算，我妈还要人照顾。”

我说：“据说刘光天几乎每天都去医院，他什么时候变得这么关心人了?”

她吱一下踩了刹车，由于没系安全带，我差点没扑到挡风玻璃上，随后后面开车的人就绕到我们车旁大骂傻逼。

她没理睬，真是奇怪，以老刁的作风，竟然会不理睬，要是放在从前，她一准一脚油门追上去，然后来个漂移拦腰截住对方，熄火，拔钥匙，下车，然后就是一脚踹在对方车门上，一句“我操”就像原子弹爆发一样，那威力在地面上形成一个圆形扩散，所波及之处，寸草不留。

但她今天没有，而是看着我，叹了一口气，说：“汪燃，这么多年的朋友了，有什么话就开门见山地说，别跟我来这套，还有，把安全带系上。”

我就一边系安全带，一边吞吞吐吐地说：“真是……不常坐小车，就没这习惯……那啥……你和刘光天，是不是有什么瞒着我？”

看着我系好了安全带，她又发动了车子，两眼看着前方说：“对，我和他已经好上了。”

虽然已经做好了被雷的心理准备，但我还是被这句直白的承认惊得差点蹦起来，要不是系着安全带，我估计能用铁头功把车顶给掀了。

我说：“老刁，刘光天才离婚没多久啊？你这……”

她说：“怎么了？他离婚了，我也离婚了，为什么不能好？”

我喃喃地说：“不是这个意思……要是史燕知道，指不定要说你们以前有什么……你知道，史燕还和刘光天有联系……这简直……我也不知道我想说什么，你知道吗?”

她说：“我明白你的意思，可你知道吗，在我离婚前那段时间，别说我，就连我妈，都是刘光天一人在照顾，还有离婚的时候，张启冈威胁我，最好把他告成枪毙，否则他出来了没好果子给我吃，这些都是刘光天替我摆平的。”

我说：“我知道你感激刘光天，但感激和感情是两码事，你不能刚出狼穴，又入虎口啊，当然，我不是说刘光天是虎口，只是觉着，要是换成别人还好，刘光天和你的关系这么复杂，你叫人怎么想?”

她苦笑一声，说：“我已经想好了，假如这事儿完了，工厂那边也结束了，我就和刘光天移民，去加拿大，去新加坡，去哪儿都行。”

我说：“你们事业正是如日中天的时候，怎么就想着移民养老了?”

她说：“不是养老，是我太累了，你说的那些我也不是没想过，所以移民是最好的法子。”

事已至此，我也不好说什么了，只能叹口气，然后把目光转向车外。我突然想起了我们的财务主管，她年轻的时候，和男朋友私奔到北京，后来两个人因为种种原因分手了，三十四岁的时候，她嫁给了北京一个老实敦厚的男人，婚礼上，她动容地说："我想通了，从前那些不受人祝福的爱情，享用起来的确很刺激，刺激得让人忘记了自己是谁，就像毒品，让人上瘾，可当年少轻狂褪去，我才发现，其实女人，最想要的是安稳，谢谢你的安稳，让我感受到了生活的真谛。"

所有嘲笑北京男人捡了只破鞋的人再也没话说了。

这句话放在老刁身上，也一样。我了解她，年少丧父的她就像一只极度缺失安全感的刺猬，只能用刺来保护自己，内心却无比渴望被人保护。所以当刘光天在这段困难时期给了她被保护的感觉时，她终于明白了自己想要的，不过是一份平静的生活，而不是对张启冈那种浓烈的爱恨。

我就对老刁说："老刁，都怪你，我发现我变得容易感慨万千了。"

我和老刁去医院待了一下午，看着她妈还神志不清的样子，我极力忍住了自己胸腔里想哭的冲动。我怕我一哭，把老刁的情绪也弄得不好，待会她还要去工厂和人叫板，万一叫板变成了哭诉，多丢人。

四点多的时候，老刁说她该走了，顺路把我送回了家，我就边上网边等着吃晚饭，吃了饭，然后开始上网，上网到了十点王皓还没回来，我就给他打了个电话。

我说："你不回家吃饭就算了，现在怎么胆子越来越大了，打算连觉也不回来睡了是吧?"

他说话的语气明显就是喝高了的那种，我隔着一个北京城都能嗅到那股浓烈的酒精味。他说："我在和别人谈事，别打电话来了，晚上你睡你自个的，甭管我。"

我知道这种事情没法避免，和甲方吃饭唱歌是做工程的家常便饭，不喜欢也没法子。当一件事你无能为力改变的时候，只有说服自己习惯。

我只好说，那我先睡了。

可上了床，翻来覆去地睡不着，就起来准备把农场里的虫草给收了。

前段时间，马越恒在开心网上加了我，我这一进去就把他一地的灵芝给偷了。偷了后，发现他在线，就得意地向他炫耀，在我搜肠刮肚寻找炫耀词语的时候，我一地的虫草也被偷光了，点开一看，欲哭无泪。

他 QQ 一直都隐身，见我偷了他的灵芝，就在 QQ 上发消息问我："夜这么深了你还不睡?"

我说："晚上吃撑了，负罪感太深。"

就这么你一句我一句地聊来聊去，他向我抱怨实习律师的苦，我向他抱怨攒装修费的难，抱怨过来抱怨过去，王皓就回来了。

好家伙，我一看时间，都两点多了。

我走近了，正准备问他今天怎么搞得这么迟的时候，一股浓厚的酒味直窜我鼻子，熏得我差点没掩面泪奔。他脸也没洗，衣服也没脱，就倒床上睡着了。

我帮他脱了衣服，正准备打盆水给他擦脸的时候，他就一下从床上翻下来，冲进厕所就开始吐。那呕吐声把我爸妈都惊醒了，我爸披着件外套出来，一进厕所就皱眉头。

一边给他找药的时候，我爸一边摇头："钱挣到了，身体垮了，有什么用?"

我听着心里挺难过，逼着王皓把我爸找的药给吃了，吃了他又吐，吐完了直接不去床上了，抱着马桶冲我摆手说："你先睡，我守着马桶吐。"

我还是把他弄回了房间，谁知道刚躺下，他又一骨碌地起来直奔厕所。这样来来回回地，吐了四趟才算平静下来。伺候完这位王老太爷，已经是凌晨四点了，我真是烦躁，明儿还要做这个月的工资表哪，要是做不完又要挨骂，他倒好，给公司请个假就完事。

下午做工资表，做得我头大，差点没缺氧晕死在办公室里。看着那一团一团的数字，就像看到了昨儿王皓的呕吐物，恨不得扔进厕所冲走。

五点多的时候，王皓给我打电话，说今天晚上不回来吃饭了。

我立马就警惕起来，说："你又要去陪客户了？"

他说："别提了，真是要人命。"

我说："你也知道要人命，身体是自己的，你倒下了，我怎么办？"

我知道他也不愿意，但他还是反驳我说："要挣钱，要工作，就只能这样，你以为我喜欢把自己喝得跟孙子似的？"

我苦口婆心地劝他："咱做不下来就不做了行不行，用健康挣来的钱，都是替医院挣的，到头来自己还受罪。"

他说："你道理那么多，那你来做我老板？我看你能不能用道理把这个项目谈下来。有一句话，人在江湖身不由己，你是体会不到的。"

我不想和他争，一个是怕我脑子一热又说错话，还有一个就是接电话的时候，我们办公室的几个八婆都停下了手里的活，屏住呼吸看着我。

我就把电话给挂了。

我们财务部的几个事儿妈，总是这样，成天都是一副你有什么不开心的事说出来让大家开心开心的模样，别的部门有个风吹草动，就以百米健将的速度冲过去采访，不是挑拨离间就是火上浇油，恨不得把油都洒满整个太平洋才皆大欢喜。

我对面的小方见我挂了电话，就赶紧地在 QQ 上问我："汪姐，你老公怎么了呀?"

我说："昨晚上喝多了。"

她说："少喝点，你得当心酒后乱性，你不知道，我有个小姐妹的老公，就是陪客户喝酒，喝多了，陪酒的小姐搀着他去开房休息，还被公安当嫖客给抓了，你得当心啊。"

我就笑了，呵呵。

很多时候，我打出呵呵两个字的时候，我不仅没有真的笑，而且我心里还在说，去你妈的!

王皓不在家的唯一一个好处，就是电脑空出来了。王皓在家玩游戏的时候，总说什么笔记本效果差，不易操作，老是被人爆头，还是台式的好。我就讥讽他说，被爆头的原因只有两个，一个是长相，一个是技术，和电脑无关，别不会游泳怪裤衩大。

他笔记本是苹果的，那系统我也不会用，只能和我妈去抢电视。现在他不在家，我在电脑这块就获得了主动权，可以随心所欲地偷菜，打游戏，看帖子，看电影，上淘宝，再也没人和我抢。

晚上一上线，马越恒又在网上找我聊，反正我也没事，就和他聊着。

我说："我老公现在天天陪甲方吃饭唱歌，真是烦死了，还好有我爸妈在家，如果家里只有我一人，指不定我多害怕。"

他说："你看，你背后有个影子，还有个人骑在你肩膀上。"

我说："姐没读过北大，但却是吓大的，我老公太不顾及我的寂寞了，以后姐要出去搞婚外恋报复他。"

当然，这话纯粹是开玩笑。

那天晚上，我和马越恒聊到一点多。当然，这也不全是聊天，我是看电影，偷菜，中间穿插聊天。我说:“我真怀念单身的生活，羡慕死你了。”

他说，围城心理，城里的人想出来，城外的人想进去。

一点半的时候，王皓就回来了，我安慰自己说，今天有进步，比我想象的早了些。

但随即心底又落寞了。每天都独守空房，这结婚和不结婚，有什么差别?

2

在我们的装修快接近尾声的时候，刁媛媛告诉我，史燕来找她了，问她为什么要做她和刘光天的第三者。

刁媛媛和史燕的关系，从最开始的紧张，到缓和，再到紧张，简直就是一个腹泻跑厕所的过程，稍微有点松懈了，马上又绷紧。

无论老刁怎么告诉史燕，是在他们离婚之后才开始的，史燕还是一口咬定老刁是第三者。她说她和刘光天一直都在联系，也告诉过刘光天，她离婚只不过是意气用事，言下之意就是迟早要复婚的。

从法律上讲，史燕才是个第三者，但是从情理上讲，老刁在人家感情还没完全破裂的时候就强力插入，也叫小三。

刁媛媛和我说这话的时候，一脸的难过。她说："汪燃，我从没想过要做什么第三者。"

我说："我知道。"

其实谁是第三者并不重要，重要的是刘光天的态度。当女人争执不下的时候，总是把眼光投向男人，有时候，男人一句决定性的话，比两个女人吵一天还管用。

刘光天就在这个时候站出来了，他对史燕说："在你身边，我总是感到压抑，我想过得自由一点，既然都离婚了，我就有自己选择的权利。"

史燕当时一下就崩溃了，她说："刘光天，你的心被狗给吃了，压抑？结了婚，我每天战战兢兢地伺候你，从没让你洗过一双袜子，没让你洗过一次碗，你现在告诉我你过得压抑？你早点干什么去了？你实话告诉我，你是不是早就不爱我了？是不是早就和刁媛媛有一腿了？"

刁媛媛作为一个尴尬的角色，想辩解几声，或者像从前一样剽悍地大叫一声前妻什么的最讨厌了！但她没有，正是因为到现在，这还是个分不清头尾主次的三角关系。

当时我没有在场，但是刘光天给我打了电话。他给我打电话的时候，我正在掐着时间偷菜，我们主管为了报复小方半夜三点偷她的萝卜，叫我们九点十八分准时上线，时刻准备着听指挥，瞬间偷光那个同事的一地灵芝，没有上线的，就是不听组织指挥的，没有团队精神，一人扣五十块。

刘光天在电话里说："你给史燕解释一下，我和刁媛媛是什么时候好上的。"

我正要叙述整个过程，就听到史燕在那头发飙，大叫："我不听！你们都是串通好了的，一窝老鼠！我要让你们后悔一辈子！我做鬼也不会放过你们!"

然后就是刘光天大喊："拉住她，别让她跳下去。"

我意识到，这件事变得不是那么简单了，也顾不上要扣五十块钱了，大不了一周不吃午饭，权当减肥。电脑都来不及关，我立马就抓起衣服冲了出去。

当我赶到的时候，史燕正趴在沙发上哭，刁媛媛在房间里不出来，刘光天在厨房里抽闷烟。

为了缓和气氛，我说："真是的，害得我花了五十多块钱打车过来，你们一人给我报销二十吧。"

结果没人睬我，我就只能可耻地溜了。

溜去老刁房间的时候，我关上门，小声说："怎么史燕弄得跟拍午夜凶铃似的，还做鬼都不放过你们，真当自个是被害死的武大郎了？"

刁媛媛靠在床靠上，一脸的无奈，耸耸肩，说："我怎么知道她脑子里怎么想的，简直是异于常人。"

我继续压低声音说："拿了一套房子，价值一百多万哪，还想要什么呀，真是捡了便宜还卖乖，明明自个从前做的那些事，就是把老公推向别人女人怀抱，还觉得自己是最无辜的。"

最后，刘光天让我把史燕送回家，史燕不肯，我去拉她的时候，她抓着沙发不松手，又开始哭，哭得那叫一个凄凉。我就只能劝她说："别哭啦，决堤也不是你这样决的，体液都快流干了，天下又不是只有刘光天一个男人，你看生活多么美好，空气多么清新，多少翘臀帅哥等着你临幸哪，你还有一套二居室呢。"

她说："我跟了他这么些年，又不是为了房子，当时把房子弄到我名下，想的就是他没处去了，早晚得回来。"

我就把她扶起来。说实话，我有些替史燕难过，嫁到这里来，举目无亲，全都为了刘光天，现在刘光天和她离婚，真不知道她还能不能在北京继续生活下去。

我叹了一口气，在她旁边小声地说："走吧，你这样也不是办法，只能让刘光天越来越反感你。"

史燕终于站起来跟我走了。

在车上，史燕还是一直哭哭叽叽的，连司机都透过反光镜看她。我说："师傅，您小心开车，没见过女人哭啊？"

司机就笑笑，说："这大半夜开车的，我都快睡着了，小姑娘有什么事想不开啊？"

潜台词就是，你有什么想不开的，说出来让我提提神。

史燕对我说："我原谅他不止一次了，结婚前就原谅了他，现在仍旧打算原谅他，但他还是跟别的女人跑了，我做人很失败，对吧？"

我看着她那满脸的哀愁和一江春水向东流的眼泪，也不忍心打击她了，只好宽慰她说："不失败，至少你还能鼓起勇气离婚，多少女人在丈夫出轨后，连屁都不敢放一个的。"

她就哭着说："我离婚只是吓吓他的，谁知道他和刁媛媛好得这么快。"

我霎时哑口无言了。这两人的神速进展是事实，但从史燕的嘴里一出来，就变成了两个奸夫淫妇早就对上眼了的感觉。

快到史燕家的时候，她说："汪燃，能不能求你一件事。"

我说："你说吧。"

她说："帮我告诉一声刘光天，就说我求求他，别一下和我断了，我知道他不会和我复婚了，但看在这么多年的夫妻情面上，能不能慢慢地和我断。"

把史燕送回家后，我就给刘光天挂了一个电话，向他传达了史燕的请求。

刘光天没说话，过了很久，他才说："我尽量吧。"

回到家，王皓已经回来了，我一进房间，就看到他坐在电脑前发呆。我把包放下，正准备和他讲讲今天晚上的见闻时，他就缓缓地发问了，你那聊天记录是怎么回事?

我心里咯噔一下，坏了，走的时候忘记关 QQ，和马越恒的聊天记录全被他瞧见了。

我支支吾吾地说:“你怎么偷看别人隐私?”

他说:“我回来，见电脑没关，就准备帮你关了，谁知道你和别人的聊天窗口都没来得及关就走了，我问问你，既然都结婚了，为什么还对别的男人说你怀念单身生活? 什么叫以后要搞婚外恋报复我? 合着我每天累得像狗一样，辛辛苦苦的，就是想让咱俩过上好日子，才几个月，你就想着红杏出墙了?”

我说:“那是开玩笑的。”

他说:“有你这样开玩笑的?! 啊?! 每句话，都像刀子一样割着我的心，看到最后，我连站起来的力气都没有了，你知不知道?!”

我不知道该说什么，只能道歉:“对不起，我以后再也不和别人这样开玩笑了。”

他摆手，冷笑，“别道歉，你没错，错的是我，我就错在不该太信任你，不该一腔热忱地对你却换来同床异梦，我再也不会对你这么好了，是我的错。我真他妈的蠢，你去和陌生男人搭讪，我居然还相信你真是为了刁媛媛的事，你可真会挂羊头卖狗肉，成天装疯卖傻的，我还真以为你单纯。”

我知道现在说什么他也不会相信，但是对于他的误解，我必须解释。我说：“你不能这样侮辱我的人格。”

他说：“你还有人格？你这样勾引男人，还有人格可言？”

我的眼泪一下就夺眶而出，我说：“王皓，我从来没想过要背叛你，为什么你单凭一句玩笑话，就要把这么大一盆脏水泼我身上？你可以去查我的通话记录，打我的话费详单，我平时和他有电话短信吗？”

他还是冷笑，说：“你继续编你的故事吧。那话怎么说来着？解释就是掩饰，掩饰就是讲故事。”

在这种情况下，被伤害的那一方总是站在一个跳不出的怪圈，总觉得解释就是掩饰，掩饰就是讲故事。我也不想多说什么了，就走过去准备把马越恒拉进黑名单。

我说："你看着，我再也不会和他联系了。"

说罢就把马越恒拖了黑。

拖黑后，王皓好像平静了一些，但看得出，他还是很难过。几分钟后，他抓起衣服和背包准备走。

我不知道哪儿来的冲动，一下扑过去抱住他，跪在地上哭着对他说："老公别走，我发誓我真的没那个意思，求求你了，别走，你相信我一次，就一次。"

他说："你放开我，我出去冷静一下。"

现在我和王皓吵架，我爸也见惯不怪了，我就待在房间里等王皓回来。那个时候，我真想抽自己两耳光，没事在网上和别人瞎扯什么，开玩笑也没个度。

三点多的时候，王皓回来了，一身的酒味，和那天一样，倒床就睡。

我就替他脱袜子，脱外套，正脱着的时候，他突然抱住我，说："老婆，我真的太难受了，为什么要这样对我？我做错什么了？别再和那个男人联系了好不好？"

那天晚上，我和他抱头痛哭了半个小时，明明屁事没有，我没出墙也没乱勾搭，但两个人却哭得如丧考妣似的。

第二天醒来，我从网上下载了这三个月的话费详单，硬逼着王皓看完了。其实睡了一觉大家都清醒了，清醒过后就觉得自己简直是没事找抽。但我是不敢再和马越恒有什么联系了，也明白了自己现在已经成为已婚妇女，说话得注意点儿了。

后来去找刁媛媛的时候，我就把抱头痛哭这事当个笑话讲给她听了，她听完就说："你们两个都属外星种族，一个不听解释，一个把事情越抹越黑。"

我不知道该不该把史燕求我的事情对她讲，但权衡了半天，还是说给她听了。

她淡淡地回应说："原来有这么一回事啊，但我理解史燕。"

我觉得老刁越来越淡定了，有一股子看破红尘的味道。

但实际上从来没有看破红尘的人，真正能看破的人，根本就不知道红尘为何物。

老刁告诉我，她准备移民去新加坡，她姨妈在那里，连工作都替她找好了，只要工作准证考到了，马上就可以去上班。刘光天也答应一起过去了。

我马上就失落了，说："你走了，我怎么办啊?"

她说："你要不要也一块去?"

我说："好啊好啊，有什么条件?"

她说："会日常英语。"

我马上就更失落了。英语在我心目中，只是一个能体现我有着强大爱国情操的语言，除此之外，就没其他用处了。想当初，要不是刘光天把四级答案发给我，我铁定拿不到学位证。

一听到英语，真是心中的千言万语立即合成氧化钙。

第八章　80 后的养老压力

1

新房已经装修完了，我和王皓这些天跑家具卖场和电器卖场，我二姑有时候也跟着我们去，说看看有什么便宜货，但走了两个钟头就说受不了了，比遛狗累多了。

说到她家那只希拉里，就让我想起了希拉里那个狗格分裂的崽子，在汪特翰和小樊离婚的时候，小樊说狗狗是她的，她要抱走。抱走的时候，还喃喃自语地说："从今往后，只有妈妈一个人疼你了。"

汪特翰和我二姑这些日子的阴霾顿时化作云烟，当即就笑岔了气，对此，我二姑的评价是，真是拐着弯骂自己是狗娘养的。

那些家电买得我心疼死了，一天下来，一万块就不见了。身心疲惫的我一回家就让我妈给我脱靴子。

我妈说：“做梦！老娘生你养你，也没见你给我脱过一次鞋。”

我说：“我在心里已经给您脱过无数次了。”

王皓就过来，说：“来来来，我来给你脱。”

我说：“不，我就要我娘亲给我脱，您想想，我这就快搬出去了，您再不给我脱，就没机会了。”

王皓说：“你瞎扯什么呢，哪儿有让自己妈给自己脱鞋的道理，老公给你脱。”

说完他就把靴子给我脱下来了。

看到他对我还是这么好，我心里热乎乎的，那感觉好像经历了半个月的阴雨天，终于阳光普照了一样。

回到房间，我撒娇说：“老公，你今天第一次给我脱鞋哦，以后我要写进墓志铭。”

他说："你看，我鞋子都给你脱了，不如衣服也帮你脱了吧，都脱光，这样你墓志铭才更有意义，看的人也更多。"

说完他就开始脱我的衣服，解我内衣。

一番云雨后，他抱着我说："老婆，我和你商量个事儿。"

我最怕他这种语气，一听就知道肯定和他家有关。但我只能说："你说吧，我洗耳恭听。"

他说："我妈回去后，一直说自己喉咙不舒服，胸也疼，去一家医院做了检查，医生怀疑是食道癌，说要等病理报告出来了才能确诊，我琢磨着，还是北京医院的专家权威一些，你看是不是让她到北京来检查检查?"

我心里一下就沉了，祈祷下面那句话千万别说了。

谁知道王皓还是说了，他说："我们的新房也装好了，里面的味儿也散得差不多了，你看我妈来北京，是不是就暂时……"

我很为难地说："但那可是我们的新房。"

王皓就哄我说："顶多一个星期，他们检查完了就走。"

但一想到那张新的大床是被人睡过的，我心里就不舒服。但也不能再让我爸妈替我接待了，我就推太极说再议。

王皓就有些不满意，他说：“你什么意思，难道我爸妈来，要让他们睡大街啊?”

我说：“我没说过让他们睡大街啊，但我不喜欢让别人睡我的床，而且那是我们的房子，你想过这个问题吗?”

王皓说：“对呀，我就是想到是我们的房子，才和你商量的。”

我一个骨碌爬起来，说：“干嘛，合着假如房子是你自己买的，你就不和我商量，直接先斩后奏了?”

他有些恼怒，说：“我可没说过这话，只是你能不能为我想想，一个连自己父母都不孝敬的男人，还算男人？眼里还有你这个老婆?”

我还是不能接受他爸妈睡我们的新床，想了想，说：“要不这样，我把我爸书房里的沙发床抬去，等他们走了，我再让家具城的人把新床弄过去。”

王皓彻底的爆发了，他说：“你到底是有多嫌弃我爸妈?！就睡张床而已，你要是实在嫌弃，就把床单换了，用得着做得这么难看吗?!”

那天晚上，又吵了一次，弄得我对经营婚姻是相当灰心。第二天，王皓没理我，径直上班去了，我更是相当烦躁，一个上午都没做什么事，净想着他爸妈来北京怎么办了。

午休的时候，我跑到一个僻静的地方，给他爸打了个电话。我说：“爸，听说妈去检查，医生怀疑是食道癌?”

他爸说：“是啊，以前胃癌就切除了三分之一的胃，现在很有可能是食道癌，属于那个啥癌细胞转移，你妈平时又爱喝疙瘩汤，唉……孩子，以后吃东西得细嚼慢咽啊，别吃得太烫……王皓非让我们来北京检查，但来北京，衣食住行都挺贵的，前些日子别人介绍我们去石家庄的一家医院，说那里治肿瘤还不错，我们也不打算来北京了，省下些费用治病，钱也不是这样糟蹋的。”

听了这句话，我心里就有块石头安全着陆，但想起他爸平日里对我挺不错的，他妈走之前还给我买了一条三千多的项链，我就觉得自己的确有些小心眼。

我回家后，王皓还没回来，我就告诉我爸，王皓他妈可能得食道癌了。

我爸问:“确诊了?”

我说:“还没，病理报告还没出来，但八九不离十。”

我爸想了一下，说:“等病理报告出来了，你们抽个周末，回他老家一趟，还有，你说话也注意点，别又让大家伙扫兴。”

晚上睡觉前，我就把他爸的话和我爸的话给王皓讲了。王皓说:“我爸怕出那个钱，我给他出了。”

我说:“你翻翻你的兜儿，还有钱吗?这段时间咱俩的兜儿比脸都还干净。”

他说:“就算我去卖器官，也要给我妈治好这病。”

我笑了一声，说:“您倒是卖器官了，可你卖了器官，我们这日子还过不过了?你别说些话来吓唬人，咱俩过得好，就是对你爸妈最大的安慰，你在我面前说些叫人抽你的话，叫什么事儿啊?”

他说:“你别在哪儿冷笑，从这里我就看出，你这人特自私。”

又是兜头的脏水泼过来，我挨得真是冤枉。要是我有个几百万的，我一定把他爸妈接来，好吃好喝地伺候着，可现在，我们都自身难保了，买家电的钱不够，还是找我爸借了两万块才买的，穷得让人震撼。

我说：“你别说话恶心人，我怎么自私了？我要是自私，你那叫什么？叫仁厚？叫大公无私？有多少钱就办多少钱的事儿，别瘦得像竹竿似的还非要穿加加加大码的衣服。”

一块钱能难死人，我再一次领悟了这句话的深刻含义。

王皓就彻底崩溃了，他抱着头说：“那是我妈，生我养我的亲妈！”

我说：“那我给你出个主意吧，要是报告出来了真是癌症，那你把新房给卖了，给你妈凑凑续命的钱，咱俩就去睡大街，多好，睁开眼睛就能看到星星。”

说完了我就知道自己又说错话了，这段时间一直在小心地改这个坏习惯，但一不留神，还是脱口而出了。

王皓抓着头发，拼命地把自己的头往电脑桌上磕，显示器都被磕得晃动起来。

这声音惊动了我爸，他把门打开，看到王皓用玩命的力气磕电脑桌，赶紧地把他拽起来。

我爸训斥我："你又说什么了?"

这个时候，王皓就抓起外套冲出去了。我爸赶紧回房也拿了外套准备追出去，路过我房间门口的时候，对我说："待会儿回来再问你，不好好过日子，成天吵架，是个人都要让你给逼疯。"

我爸下楼的时候，只看到一辆出租车，车里是王皓的影子。他本想拦辆车追上去的，可等了十分钟也没空车过来，只好上楼给王皓打电话。

在当着我拨了几次电话后，我爸无奈地说："他关机了。"

我一下就哭了，穿上衣服准备去找他，我妈就拦住我说："北京城这么大，你去哪儿找去?"

我爸叹了口气，说："算了吧，明天再说，先睡了吧。"

那天晚上，我妈陪着我睡的，可我一直担心王皓，几乎一宿都没睡着。

第二天，王皓也没回家，我打电话给老刁，让她帮我找找王皓。在听我说完来龙去脉后，她叹了一口气说："我帮你找找。"

老刁是神通广大的，她不仅帮我找到了王皓，还把他劝回了家。后来我问她是怎么和王皓说的，她说：“没说什么，就说这样的老婆，只不过有时候说话不好听，现在愿意跟着一穷二白的你，已经很不错了，再加上北京女人的骨子里都有一股子傲气，能做到这样的，已经算是很迁就你了。”

随后，她又劝我：“你俩这叫磨合期，磨合期就是把今后要遇到的问题都解决，以后再来的时候，就能有默契，你不信回去问问你爸妈，是不是也是从年轻时候的磨合期走过来的。”

我知道我们在磨合，把自己的棱角和对方的棱角磨合，直到能够紧密地衔合在一起，再也没有什么能分开。

可是为什么磨合期这么痛苦?

王皓回来后，我看得出他仍旧有些不搭理我，我爸和他说话的时候，他也是漫不经心地哦一声。睡觉的时候，虽然还是在一张床上，但他总是把背向着我，而不是和从前一样从我背后抱着我，闭上眼睛之前亲亲我的耳朵。

我朝他睡的那边挪了挪，想过去主动示好，但伸出一只手抱着他的时候，他完全无动于衷。

我也转过身去，对着空气说：“你这叫什么惩罚，冷暴力？”

他还是不吭声。

我说：“你打算这样下去多久？”

他还是不吭声。

我说：“如果这样一辈子的话，不如我们明天就去离婚吧。”

说完我就起身，他一下翻身坐起来，问我：“你去哪儿？”

我说：“找我爸拿户口本。”

他跳下床，拎着我像小鸡似的摔在床上，说：“你能不能安神会儿，汪燃，你不小了，已经二十八了，我求你说话做事能不能成熟点？”

我从床上坐起来，哭着说：“你这样不就逼我和你离婚吗？”

他蜷缩在床边，抱着膝盖坐下，说：“你那天的话伤了我的心，我只不过想尽自己所能给我妈治病，为什么你要用续命这个词？我知道你这个人心不坏，就是说话难听，但有时候重话也是把刀子，刺得多了也会让感情死的。”

我不知道该说什么，只是一个劲地哭。我突然想起史燕说的那句话，爱情在被婚姻这把斧子劈开外壳后，就让人看到那丑陋无比的内在，经不起任何考验。

不知不觉，我们都坠入了悲观给我们造出的假象中，恨自己的婚姻，恨自己的选择，想的都是假如当时没有选择对方，现在会怎样？可是当时我们为什么那么乐观，觉得只要两个人在一起就能看到希望？这一切的一切，在怨天尤人过后，完全忘记了。

2

我听我二姑说，小樊不告汪特翰了，但是我二姑必须给她两万块，作为青春损失费。

我二姑说：“两万块，我两块都不会给她，让她去告我吧，不告是狗娘养的。小骚娘们当自己是出来卖的，睡过几次就要收钱了。”

叹了一口气后，我不知道该说什么，离了，都离了，为什么我们总不能像父辈一样，感受到对方在平时牵手时就能给自己的力量？爱上一个人只用了一秒，签字离婚也只用了一秒。

来得快，去得也快。

这些日子里，我一直在寻找我们同龄人中的正面教材，但却发现，正面反面，只不过每个人心中判定的标准不一样，一念之差而已。仁者见仁智者见智，佛曰，心中有佛，见到的皆是佛，用佛语可能很多人都听不懂，换成俗话，就是心中有屎，见到的皆是屎。

所以我也在问自己，到底我和王皓，我们能给予对方正面的力量，还是反面的拉扯？

刘光天他妈相当喜欢刁媛媛，她是从小看着老刁长大的，听说俩人在一起了，连连说："青梅竹马青梅竹马，今后你就是我的好儿媳妇，我把传家宝传给你。"

传家宝是个镯子，据说是刘光天的太姥姥传下来的，传到刘光天他妈手里，由于他妈一直都不喜欢史燕，非打算等自己入黄土的头一天给史燕，谁知道现在离婚了，更是皆大欢喜。

大家都祝福这段感情，包括史燕，但我总能感觉得到她那种孤零零的反对，掩埋在那金碧辉煌的微笑下面。为了求证我的猜测，我就去了她的博客。

她写的是，亲爱的，虽然现在不能再叫你亲爱的了，但我还是这样自私地称呼你。从前无论我有多爱你，都说不出口，但当我可以说出口的时候，又无法对你表达。有些东西，只有失去了才懂得珍惜，可我现在学会珍惜了，你却在别人的怀里……

这一段话看得我这个老刁的挚友都为她惋惜，可她早些干什么去了，或许她对刘光天好一点，刘光天就不会搞什么精神出轨，也不会在离婚后忘记从前的感情，迅速地和刁媛媛确定关系。

下个星期就要搬家了，我在搬家前整理了一下东西，发现老刁送给我的那些护肤品很多都还没动过，就收拾了一下，准备还给她，免得丫的再浪费银圆买这些进口大宝了。

我把东西还给老刁的时候，她说："怎么，你嫌弃老娘用过啊？"

我说："哪能呢，只不过你这些玩意的确不适合我，我还是回去用我的露得清得了，皮贱，受不了抬举。"

刁媛媛就收下了，说："你纯粹就是一给脸不要脸的典型，给你鱼翅你还当粉条。"

后来不知道怎么的，就聊到史燕那蹿稀似的安抚，刁媛媛说："别提了。

史燕这些天老是缠着刘光天，隔三岔五地找借口约刘光天出去吃饭，最好笑的是庆祝他们离婚一百天，还去吃了西餐，就这样还祝福，祝我终身得不到幸福是吧。”

我说：“我看过史燕的博客，虽然偷看别人博客这事儿有点阴暗，但她该不会是想把刘光天夺回来吧？刘光天这么大一坨牛粪，居然还有鲜花来抢着插，真能和 UFO 并称世界十一大奇迹。”

她说：“其实你们都不了解刘光天，我以前也不了解，但这段时间，我渐渐地看到他身上很多优点，善良，有上进心，孝顺，更重要的是，他尊重我，尊重我的选择我的爱好，我的一切，能帮我在紧要关头做出……”

实在听不下去了，估计再继续听她的吹捧，我就要吐了，于是我假装惊奇：“呀，老刁，你最近装了什么 biu−biu−biu 的小雷达了，能探测到常人看不到的区域，那劳烦您看看我，我身上有什么优点，让我也长长底气。”

她说：“你唯一的优点就是长得像一个好莱坞明星。”

妈呀，这么多年，总算有人说我是明星脸了，于是我兴奋地问：“像谁像谁?”

她说：“ET。”

我就扑过去要打她，她就躲我，一边躲一边用枕头砸我，她一砸我我就拧她胳膊，她一边笑着一边用脚踹我，嘴里还说："你再拧我，我就把你当史燕，踹死你丫的。"

我按住她的脚说："你瞧你最近瘦得跟小鸡仔似的，还踹我，还不如做泰式按摩的力道哪，你短跑健将的名声早就一去不复返了。"

她笑着挣扎说："那你别按呀，让我踹啊。"

说实话，我和老刁很久没这么打闹过了，也很久没见老刁这么笑过了，自从她小产后，一下瘦了三十多斤，现在走出了张启冈给她的那一段阴霾，在刘光天给她的安全感下，她的伤口逐渐地愈合，又成了从前那个踩着风火轮的犀利娘们。

最重要的一点，就是刘光天他妈一直都喜欢老刁，把她当亲女儿一样疼。虽然老刁比刘光天大一岁，但从没人说这段姐弟恋有着严重代沟。

老刁也该获得幸福了，这些年的跌跌撞撞，我都看在眼里，真心希望这个姐们能从此幸福。

两天后，王皓他妈的报告拿到了，是食道癌晚期，王皓听到后就把自己在房间里关了整整两个小时。其间我去敲门，他都说："别睬我，让我一人静一下。”

这个时候，我才真正感觉到了自己的自私，来北京做个检查有什么，睡睡我们的新床又怎么了？我就是一杯具，见到个弓还以为是蛇的影子，成语杯弓蛇影说的就是我。

后来要睡觉了，我就敲门，低声说：“王皓，该睡觉了，你明天还要上班，我明天还有一堆事情要做。”

他这才把门给我打开。

其实看着他难过，我心里也挺难受的，就想过去安慰他几句，但不知道安慰的话怎么说出口。我终于发现，和他在一起这么些日子了，我对他的爱好一无所知，不知道他喜欢哪个球队，不知道他喜欢吃什么菜，更不知道什么样的话最能讨他欢心。

我只能说：“老公，我已经订了这个周末回家的火车票了，也找肿瘤医院的朋友帮我打听了，可那朋友说，咱妈这个情况，实在不好估摸，但食道癌也有治好的，我也替你问过了，治疗费最少也要十万以上，你要是觉得能承受，咱们就把妈接过来治……”

他冲我摆摆手，说：“别说这个了，先睡了吧。”

这次周末回去，我从前那些不情愿的情绪都消失了，想的就是他妈快些好，王皓就能开心起来了。

回到家，对比起我们的沉重，他爸倒是一脸的平静。

去之前，我瞒着王皓把我们户头上，包括我所有的存款都取出来了，工资卡上的钱也取出来了，信用卡的钱也找了个空卡套现的给我透支了三千块，凑够了两万块放在包里，没敢告诉王皓。在他爸做饭的时候，我进厨房，把钱放在炉灶上，说："爸，我们就这点了，我知道是杯水车薪，但只要有钱了，我就寄过来。"

他爸说："这钱，你们先留着，等我们实在没钱了再说。"

王皓可能听到了厨房里的动静，走进来，把钱塞到他爸兜里，说："让你拿着就拿着。"

他爸这次就没说什么推辞的话了。

王皓搂着我的肩走出去，走到阳台上，把我抱进怀里，说："取钱这事，怎么不和我商量一声？"

两万块，能让我们冰释前嫌，也算得上物有所值。只是接下来，我就要哭了，身上只有五六百块，这才月初，难道天天中午都吃泡面？

我突然想起，我们单位有个妞，上个月忘记带钱包，借了我一百块还没还，还有我们财务部的小方，上次打赌谁吹泡泡糖吹得大，我拼了老命地吹，差点没把肺给吹爆，她输给我一顿饭还没兑现，等回去就立马催债，孙子敢赖账，我就敢催账。

王皓他爸听我说了北京医院的收费后，连连摆手，说还是在石家庄治吧，现在我们所有的存款就五万块，花完了就听天由命吧。

走之前，王皓说："爸，别舍不得治疗费，能治就治。"

回去后，我把经过告诉给了刁嫒嫒听，刁嫒嫒叹了一口气，说："谁家没个这种情况啊，你现在能出多少钱就出多少，别太勉强自己就是了，这段时间撑过去，以后就好了。"

我说："之前可是你让我别做软柿子的啊，怎么现在改口了？"

她就嘿嘿地笑着说："当时心态不好，谁让你听我的。"

"妈的，老刁，你这种人简直该拉去浸粪坑！"我说着又要过去打她，这个时候，刘光天就回来了，一见我要打刁嫒嫒，赶紧地过来拉我，说：

“干什么干什么，不带这样欺负人的啊。”

我说：“刘光天，用你的小眼睛看清楚，是她欺负我！”

刘光天不屑地说：“你就长一副受气包的样，谁欺负你都在常理之中。”

和刘光天嬉笑着对骂了一会儿，我就回家了。

在回家的路上，我一直在思考一个问题，假如当初我找了一个有钱有势的男人，老刁也和刘光天直接结婚，那我们现在该是怎样的生活？

想了半天，还是想象不出来，这个时候，手机就响了，我一看马越恒打来的，就担心官司又有什么变数，就接了起来。

他说：“我发现你从我好友里消失了，难道你把我踢黑名单了？”

这个问题解释起来有些尴尬，我也不知道怎么撒谎，难道告诉他，我老公吃醋了，我只能把你请去黑名单喝茶？

我只好说：“QQ 被盗了，还没找回来呢。”

他就说：“那你 MSN 是多少，我加你 MSN。”

我说："哇，真不凑巧，MSN 也被盗了……"

这个谎撒得不怎么高明，哪个黑客吃饱了撑的盗 MSN 玩啊？就算别人无聊得在马桶上吃盒饭等着大便，也不会盗我这么一无名小卒的 MSN 啊。可话已经说出去了，就只能由马越恒怎么想了。

果不其然，他说："谁吃撑了盗你的 MSN 啊？"

我就转移话题，说："嘿，刁嫒嫒那官司怎么样了？"

他说："你贿赂我我就告诉你。"

我问："怎么贿赂法？"

他说："电话里亲一个吧。"

我有点难堪，就说："已婚少妇不受理这个案件。"

他就笑了，说："逗你玩呢，你去申请一个新的 QQ 吧，记得加我，我把号码用短信发给你。"

后来挂了电话，那号码就真发过来了。想着我还有两百多条短信没用完，就给他回了一条，谁知道他又跟聊天似的发过来了，在你来我往十几条后，我干脆装信号弱，不回了。可这样他还穷追不舍，以为我没收到，又发了一条同样的过来。

我实在是没辙了，干脆关机。

刚回家，就看到王皓在收拾东西，他见我回来了，说："来帮忙收拾收拾，明天搬家争取一天结束，我可是专门请假搬家的。"

我说："你们何总什么时候变得这么通情达理了？"

他说："屁话，何总连婚假都没给我放，现在我请了一个星期的假，明天要是能弄完，就回河北一趟，我妈过两天就去石家庄了，我担心我爸照顾不过来。"

我就问他："我还去吗？"

他说："你就不去了吧，你最近不是事儿多吗？"

不去最好，我一想到伺候病人就浑身起鸡皮疙瘩。先不提医院那股子味儿，最烦的是端屎端尿的，还要留个神看着点滴什么时候滴完，一整天下来无聊得要死，我宁愿通宵加班也不跟王皓回家。假如躺床上的不是我妈，我真不知道谁还能让我心甘情愿地伺候。

想到这里，我就呸了一声，什么不好打比方，拿我老娘来比喻，赶紧地呸掉。

王皓说："你干嘛，吐口水都吐到我脖子后边儿了。"

我说："没什么，嘴里有根头发。"

这心理活动要是让王皓知道，江湖上又是一阵腥风血雨。

第二天搬家，马越恒又给我打电话，他问我怎么还没加他，还问我怎么关了一天的手机。

我说："我在搬家，怕我们公司的人又让我去加班，就只能关机了。"

不知道从什么时候起，我学会了撒谎，而且面不改色心不跳，随口拈来，或许这场婚姻改变了我太多，以前那个心直口快的我，已经消失了。

随口我就又关了机。

正在新房里收拾东西的时候，王皓的电话就响了，是他公司打来的，他才说了几句电话就断了，看了看电话，他啊了一声，说：“没电了，汪燃把你手机给我用用。”

我就把关了机的手机递给他，他开机，然后拨他公司的电话，讲着讲着，可能信号不大好，他就站在阳台上去接。我也懒得管他，就在卧室里收拾衣服。

接了没多久，他就走进来，把电话递给我，说：“你的电话。”

我一看屏幕，是马越恒，心里就开始打鼓。寻思了半天，还是挂了，然后迅速关机。

王皓说：“怎么不接?”

我说：“没什么，就是不想接。”

他看了我一眼，没再说什么，继续和我一块收拾东西。我感觉得到，他其实心里很不高兴，可又不想和女人一样小家子气，就一直隐忍。

说白了，就是他吃醋了，不好直说。

3

王皓回家那几天，我不想回新房去睡，一个人孤零零的，万一有贼闯进来，见劫色无望，劫财也无望，恼羞成怒下把我杀了怎么办？寻思了半天，我还是继续住我爸妈那儿。

王皓不在，让我又找到了从前单身的感觉，上班的时候好好上班，下了班就去找老刁团聚。

刁媛媛说她移民去新加坡的手续已经开始办了，并且昨儿晚上，她妈竟然出乎意料的神志清醒，她就对她妈讲了和刘光天的事儿，她妈听着就笑了，竟然伸出手来想要抓住女儿的手。

我听到老刁她妈来精神了，心里就咯噔一下，当即就想说，该不会是回光返照吧。想了想，还是把话吞下去了。

老刁说史燕最近还缠着刘光天，要不是看着史燕可怜，她早就冲去棍棒伺候了。刘光天都开始躲着她了，她还是继续给他发短信，打电话，今天告诉他以前落下的这个忘记拿了，明儿就说自己崴了脚，下不了楼梯，反正天天都要刘光天朝她那儿奔，别的女人是每个月来一次情绪，她是每天都要来一次。

我说："史燕怎么这样啊，照顾她情绪也不能这样照顾吧，前妻可不带这样欺负人的。"

老刁叹了口气，说："由着她去吧，这样也能减轻点我对她的愧疚。"

我就激动起来，拍着桌子说："凭什么对她愧疚，你又不是做第三者抢了她老公，弄明白，她是和刘光天离了婚后你才和刘光天好上的，不过没关系，你和刘光天去了新加坡，我看她还怎么缠。"

刁媛媛说："我懒得理她了，最近我心里还有件事不舒坦，就是张启冈的案子判下来了，一年有期徒刑，缓期两年执行，另外两万的精神损失和医药费立即赔付。"

我更加愤怒："太轻了吧，你说说，这都流产了，女人流产是多大的伤害啊，肚子里的不也是人命吗，怎么就不能把这个贱人枪毙了呢？缓期两年，简直是纵容罪犯，两万块就能买条人命，扯淡。"

就在这个时候，刁媛媛的电话响了，她接起来，听着听着就神色严肃。

她挂了电话，咬着嘴唇说："我要去医院。"

去医院的路上，刁媛媛一句话都没讲，我心里连续咯噔了几下。

到了病房，我第一眼看到的就是医生在给刁嫒嫒她妈拆呼吸机，一边拆一边解释是由于并发症。

我偷偷看了看刁嫒嫒，她还是咬着嘴唇一句话不说，我想拍拍她的肩膀，但却不知道该说什么话来安慰她。

大概所有的女人都这样，无论外壳多坚硬，内心总有一处是柔软的，为了保护这个最柔软的地方，只能不断地升级外壳，直到有一天被扣上无情的帽子。

丧事也没办，灵堂也没有，老刁说，不是非要哭给人看，才能尽孝道，那些都是虚的。

我知道她一直硬撑着，直到她妈的骨灰盒放在了她爸的骨灰盒旁边，她才忍不住转过身流泪。

我们多想找个人，和他在一起，不怕死，也不怕活着。我们可以心甘情愿地为他受几十年的苦，只为了下个轮回还能看他一眼。

那天回去后，王皓就给我打了电话，我以为他又要给我汇报今天做了哪些检查，化疗怎么样，谁知道他让我请个假去石家庄，帮忙照顾他妈。

我愣了，想了想问："怎么要三个人照顾了?"

他说："我爸昨天晚上就不舒服，今天早上发烧了，快烧到四十度了，我现在是又看我妈又看我爹，明儿你过来一下，我实在撑不住了，还有，后天我要回公司处理一些事情，你先在这儿看着，等请到护工了，咱就回来，行不?"

要是请假一个星期，那就只能动用婚假了。可没办法，要是把王皓给弄病了，仨人一块儿倒下，我准人格分裂。

第二天我就去了石家庄，我爸送我上火车的时候，说："实在不行请个护工，几百块钱，你看，他爸累病了在医院待两天这钱就没了，人还遭罪。"

我想想，也是。那就赶快请个护工，不至于让自个那么累。

到了医院楼下，就有人拦着我问，"要不要请护工?"

我问多少钱，这个中年妇女就反问我，"什么病人?"

我就老实说了，食道癌晚期。

她就立刻说："两千，24 小时贴身看护。"

我被吓了一跳："这么贵?"

她说："你不知道食道癌病人多费事，要耐心哄吃饭，还要随时把纸篓递过去让吐口水，你嫌贵找别人，最低也要收你二千五。"

我就不信邪了，撇撇嘴继续迈开脚步。还没走几步，就又有个三十多岁的女人走过来悄悄对我说："我一千二，被褥三餐我自己带。"

一千二，和要价两千的比起来，简直是捡了大便宜。我就问："你会照顾晚期食道癌的病人吗?"

她说："咋不会，我上个病人就是食道癌，一个老头。"

我就赶紧地让她跟我走，让王皓看看合不合适。一路上，我还喜滋滋的，想的是还好没找那两千的，这节约下来的八百块够买多少东西了。

一进病房，看到王皓他妈的时候，我吓了一大跳，才多久没见，就瘦成这样。王皓看着跟在我身后的那女人，疑惑地问我："这是?"

我赶紧邀功说："她说她是护工，只要一千二。"

王皓见病房里医生正在给另一床的病人做例行询问，就让那女的跟他去了外面商量。

进来后，那女的不见了，我不禁疑惑，就问他："怎么走啦?"

他说："你也不问问清楚有没有健康证，就什么人都朝这里带。"

我说："我怎么知道要看健康证，不是想着一千二便宜吗。"

他语气一下就不高兴了，说："知道我们怎么这么久都没请着护工吗，就是这些人大多都拿不出健康证，你也不至于便宜就什么都往病房里带吧？再说了，一千二也不便宜，你傻呀，不知道和我商量一声啊？是什么人都能往这儿带的吗?"

我说："王皓，你烦不烦，一件事你要说多久，对，我是不知道，但你凭什么说我傻，我还不是为了想让你轻松点。"

他说："想轻松点就别给我添乱，你盯着点滴，快滴完了叫护士来换药，我去楼下看看我爸去。"

当时我心里挺委屈的，但看着他妈都病成那样了，想到他可能最近心情也不大好，就没和他计较这么多。

王皓他妈和我有气没力地聊了两句就睡过去了，看着还有大半瓶的点滴，我都不知道怎么打发这时间，想的就是，一定要快点请到护工。请到了我就解脱了，我要回北京，我要睡软床。

为了不让自己睡着，我就把 MP3 拿出来听，谁知道听着听着就睡过去了，还睡得挺沉。后来回北京后，我清理 MP3 的时候才发现，那天听的是古筝版的高山流水，没睡得流口水都算对得起父母的养育之恩了。

话说那时我还做了一个梦，梦到我买彩票，中了五百万，税务局的来收税，我死活不给，还绑了一身的人肉炸弹威胁税务局工作人员，要是让我缴税，我就把自己连同税务局给炸平了。

正在我董存瑞炸碉堡的危急关头，就被拍醒了，我张开眼睛看到是王皓，丫一脸的怒气，我顿时清醒了，赶紧去看点滴，发现已经换了一瓶新的，就长吁了一口气。

王皓说："你看的什么点滴?！啊，我上来的时候，发现药都流光了，只剩输液管里还有小半截，你还睡得着?！你知道空气进了血管是什么后果吗?！"

我自知理亏，但仍小声地替自己辩护说："我怎么知道我会睡着?"

王皓还是继续训我，说："你这样还来照顾我妈？别把我妈没事照顾出事来了，算了，你收拾东西回去吧，我也不指望你了，你这人简直就是中看不中用。"

我一下就火大了，说："不就睡着了吗？你用得着这样说话吗？谁没个过失，我就不信你长这么大，没一件事是做得滴水不漏的。"

他朝我挥挥手，说："我不想和你吵，你快收拾包回去，在这儿简直是个多余的人。"

我也不知道怎么的，一下就哭出来的，可能是因为这些日子，过得太压抑，这件事就成了导火索，让我平日的积累一下就爆发了。

我说："姓王的，你现在嫌我多余了？怎么？你不能把我当老妈子使唤，就嫌我多余了？我上辈子欠你什么了，凭什么这样说我？你自个想想，从我进病房到现在，你有几句好话，有几个笑脸？你看看谁的老婆像我一样窝囊，衣服不敢买，同事聚会不敢去，什么花钱的都不敢做……从一开始我就该知道，和你结婚就是个错！"

他转过脸去，又开始不吭声。我讨厌这种沉默，就几步上前去想把他的身子扳正，他手一挥，我就一个踉跄撞到了床尾的栏杆上。

他妈在床上虚弱地说：“别吵了。”

可能是刁媛媛和张启冈的事让我心有余悸，所以自从那个时候我就发誓，只要王皓敢动我一个指头，我就和他离婚。

他就把我拉起来，朝外面推，一边推，一边说：“你是不是成心要气死我妈?”

我转身，指着他的鼻子说：“姓王的，气死你妈的是你自己，我告诉你，我们离婚!”

王皓还没反应过来，我就抓起了自己的行李包，破门而出。

这话一出口，我就知道说重了，可是人在气头上，谁顾得了那么多。他显然被这句话震惊了，追出来，拉着我的胳膊不松手，但就是紧蹙眉头，什么话都不说，就在我们僵持的时候，我的电话响了，一看是马越恒打来的，我就挂了不接。

他站在我对面，冷笑着说：“接啊，怎么不接，别以为我没瞧见是谁打的，这些日子我又是公司又是家里的，还要回来照顾我妈，你就和别的男人在网上打情骂俏，还这样咒我妈，你说得对，我再也不会动你一根手指头了，当初我们就不该结婚！离婚!”

我抬手就给了他一个耳光，我说：“姓王的，你不能侮辱我的人格，我什么时候和别的男人打情骂俏了？我就不能有朋友？你成天不回家，回了家就是打游戏，我和别人聊两句，就叫打情骂俏?！你想离可以，但你泼这种脏水在我身上，老娘我跟你没完！”

说完我就走了，在下楼的时候，我一路走一路哭，我哭的不是自己受的委屈，而是我们的爱情，为什么在生活的压力下，变得那么脆弱且不禁一击？

第九章　生存？爱情？婚姻？

1

我回了北京后，不敢回家，就去了老刁家里，哭着把整件事说了一遍。

老刁递给我一包薯片，我推开，说，干嘛，我又不饿。

她又朝我面前递递，说："给你捏捏解气，我家还有方便面，只不过是桶装的，你看要不要拆出来给你套个袋子捏？对了，我家连袋子都没了，拆个安全套给你成不?"

我说："都不要!"

她就进屋去，然后小心翼翼地捧出一只橡胶做的鸡。我问："什么东西?"

她说："送给你。"

我一把抓过去，那软绵绵的橡胶鸡突然就爆发出一声惨烈的鸡叫，把我吓得差点脾脏破裂。

世界上能让我破涕为笑的，只有这姐们了。

我说："我一定要离婚，我已经受够他了，这些日子以来，我从来没真正开心过，每天不是愁房贷就是愁自己什么时候说话又让他不受听了，我再也不要过这样的生活了。"

老刁劝我，说："吵个嘴就能上升到离婚，你把婚姻看得也太儿戏了吧？"

我说："我还没小气到吵一次就离婚的地步，你知道这些日子我多憋屈吗？你为什么就不能为我想想？为钱我们吵过无数次，性格不合也让我们吵过无数次，你难道就忍心看我一辈子都这样吵过去？"

她还是不支持我离婚，说我脑子发热，让我回去吃个冰工厂冷静一下。

最后，她说："汪燃啊，谁过日子不是磕磕碰碰的，要是当时你真嫁了个有钱人，就算他真爱你，不给你找什么二三四五六七八奶，但有钱人哪个不是三百六十五天就有三百天在外面，你一样觉得这日子过得不开心。这开不开心，不是看事情，而是看心态。"

我继续反驳她："对，我承认我心态不好，他也不能包容我这样的心态，所以我们结婚还是个错误。"

刁媛媛怎么也拉不回我，就只好说："随你，你能找得着接受离异妇女的，你就离婚。"

我说："你又来激我，我真离了？"

老刁彻底不耐烦了，说："要离快离。"

这个时候，我突然就想起了和王皓第一次分手，老刁也是这样劝我。那么，假如后来我们没有在一起，现在我又在做什么呢？是牵着另一个人的手，还是一个人在大街上转悠？

事情从来不按我们预料地发展，我多希望和他白头偕老，可才几个月，我就累了，全无信心过完接下来的几十年。

回家前，我给王皓打了个电话，终于下了决心对他说："我们离婚吧。"

他愣了一下，语气里有些疑惑，问我："怎么了？"

他是属于那种睡了一夜就忘了头天恩怨的人，但我不是，我这人特记仇，小时候老刁不给我舔她的冰棍，我记恨到现在。

终于，我还是把这些日子不敢说出来的话，全部像开闸泄洪一样泄出来了，那流量简直是疑是银河落九天。我说："怎么？离婚！我不想这样过下去了，为什么我第一次去你家的时候，你让我吃剩菜剩饭？我还错怪了你爸，以为是他让我吃的，结果是你想让你爸妈看看，你找着了一个倒贴也甘愿的女朋友而已，你有没有考虑过我的感受？为什么每次你要维持你的自尊，就必须得牺牲掉我的自尊？我不是人吗？你把我当成人看过吗？你每次都是有事的时候才好言好语地对我，要我配合的事，我不依你了，你就不愿意。平时就总是认为自己是对的，别人都是错的，我和朋友在网上开个玩笑，你就怀疑我要偷情。我实话告诉你吧，这样的生活我一天也过不下去了，等你回来了我们就去离婚，你那点可怜的自尊，留着给别的女人享用吧！"

他没有说话，只是在我说完后，沉默了一会儿，才说："那就离婚吧。"

既然已经尘埃落定，那我就收拾东西伤感地回家了。刁媛媛说送我，我说不要，让我一个人冷静一下。其实我知道，我能冷静，就不会走到现在这个地步了。

回家的路上，我一直在想，假如一个人，能不能过一生？

回了家，我爸很奇怪地问我："怎么这么快就回来了？"

我说："爸，你把户口本和结婚证找出来给我，我要去离婚，这日子我一天也不愿意过下去了。"

我爸的眉头就皱起来了，他说："你说说，到底发生了什么事？"

我就把医院的事告诉给他听了，然后还告诉他，这种生活我过得很压抑，从来就没真正开心过。

我爸说："结婚前，我们就想观察观察王皓再说，谁知道你第二次带上门就说要结婚，你妈也是个急性子，没等我说完话就去给你们拿户口本了。当时我一口答应，但想让你们再等段时间，我们也好再看看王皓到底和你合不合适。"

我说："现在说这些没用了，我一定要离婚，我每天说话都提心吊胆，生怕哪句话又伤到他的自尊了，您也别劝我了，我早想过了，趁着结婚没几个月，也没孩子，赶紧地离了，对谁都是解脱，他王皓，就只适合去找个对他千依百顺完全没主见的女人，我也要找个不把我说的气话当真的人，要不再这样下去，我和他都非疯了不可。"

我爸叹了一口气，说："你再好好想想吧。"

我的牛脾气就上来了，硬着脖子说：“不想。”

我爸说：“睡一觉，明天早上起来了再说。”

那天晚上，我想了很久，爬起来给刘光天打了一个电话，我问刘光天：“什么是婚姻？”

刘光天说：“别问我这问题，我也不知道，不过我听老刁说了你的事了，我建议你吧，抬个凳子去民政局门口坐一天，看看那些离婚的，你仔细琢磨一天，或许就知道了。”

我就当真听从了刘光天这个建议，反正我请了一个星期的假。第二天中午我就去了民政局，去了以后，在大厅里盘旋来盘旋去，离婚的来了几对，我都不好意思往前凑，倒是有几个结婚的，让我一下就想到了去年我和王皓来领结婚证的时候，也是这么开心，努力地装作平静，嘴上说：“怎么领了证没感觉呀。”但心里的那份激动怎么也按不住，总是忍不住转过身去偷笑。

我们怎么会走到离婚这一步呢？

在大厅里，我想起了很多事情，从前那些快乐的，还有悲伤的，分离和回首，假如我们离婚了，这些回忆，是不是也像财产一样，一人一半，就此心安呢?

财产可以分，可是回忆呢?

我一直犹豫着，不知道该怎么办，直到有个烫着金黄色爆炸头的女人气势汹汹地推着她男人进大厅，我才从无限的伤感中振奋起来。

办证人员已经见怪不怪了，眼皮都不抬一下，说:“去填表格，协议写好了吗?”

爆炸头就用那又尖又细的声音说:“快去给老娘填表格。”

她老公说:“要填你自己去填。”

办证人员估计见得太多了，都懒得看，开始一脸兴奋地聊昨天晚上看的韩剧，两个女人在那里争执到底是一号棒子帅还是二号棒子酷。

我就站在领表格边儿上看热闹。

爆炸头一边领表格，一边说:“从广州回来，给老娘带了个二奶，你行啊，什么没学会，钱也没挣到，给我带了个二奶回来，我告诉你，要不是看在你妈跪着求我的份上，我非把你家给烧了不可。”

本来对金黄色爆炸头没什么好感，但看在她这么犀利的份上，我就原谅了她的发型。

男人说："你还啰唆什么，离了咱们就两清了，你要是生得出孩子，我就不会去找别的女人帮我生。"

爆炸头冷笑了一声，说："还你的孩子，那娘们肚子里的种要是能生下来，你去做个亲子鉴定吧。"

男人怒了，口不择言地说："别以为别人都像你一样不会下蛋。"

爆炸头就呼啦一下站起来，狠狠地给了男人一耳光，大叫："你说谁不会下蛋？老娘拧了你的蛋！"

男人怒目而视，突然也给了爆炸头一耳光，两个人就扭在一团打起来了。大厅里的保安赶紧过去，准备拉开两个人，谁知道爆炸头指着保安说："别拉我，要不我告你强奸。"

保安就赶紧把手缩回去。

可是我怎么看这位姑奶奶也不能让人起色心啊，但因为她说了那句，老娘拧了你的蛋，我一直都在心里给她加油呐喊，快点拧蛋，快点拧蛋。

我承认我这人的事儿妈劲又上来了，赶紧地占了一个坑，以便围观。这个时候，大厅里的人都停下了脚步，开始围观这对蛋疼夫妻。

站在我旁边的是一对小夫妻，手里捧着刚领的红本本，男的让女的别看了，快回家汇报，女的白他一眼，说："又不差这几分钟，你赶着去抢皇粮啊?"

蛋疼夫妻在厮打过程中，我的目光一直都随着那男人的两腿之间移动，后来发现这样太过于下流，就随着爆炸头的手移动目光。

一边看，我一边挺得意的，看周围群众一脸雾水的样，脸上写着：不明群众围观中。我就更加飘飘欲仙。要不是怕爆炸头也告我强奸，我都想站在椅子上解说一番了。我不仅从头看起，我还知道要拧蛋，真是一件让人自信心猛涨的围观事件。

突然爆炸头一抬脚，踢在了男人两腿之间，男人反应快，一下把两条腿并成X形。我在心里暗暗地骂："你大爷的，什么武功不好学，学个二字钳羊马。"

这个时候，大厅的办证人员不能镇定了，她们由于看惯了这样的事件，就对着保安喊："大黄，快把他们弄出去。"

大黄？这名字起得，啧啧，跟那什么似的。

保安不敢拉爆炸头，强奸犯可不是个好帽子，就只能去拉那个男人，刚一把男人的胳膊抱住，爆炸头的尖头皮鞋就上扬了。

踢得是又快又准又狠，男人的声音震彻大厅。我听到旁边那个刚领证的女孩也啊了一声，说：“我都觉得疼了。”

男孩问她：“你有蛋吗?”

女孩哦了一声，恍然大悟：“没有，那就不疼了。”

本来我还想继续看下去的，但这个时候手机响了，是我二姑给我打电话，让我去她家吃饭，说汪特翰带了新女朋友回来。

汪特翰离婚才没多久，就又找了个女朋友，这让我无限地感慨。听说小樊的气消了过后，要求复婚，可我二姑不同意，说都闹成那样了，脸皮都撕破了，就别再假惺惺地谈什么感情了。第二天她就托人给汪特翰介绍相亲，好让小樊死了这条心。

离婚的离婚，再婚的再婚，其实我们也不想这样，我们也想好好地，安静地和对方过一辈子，就和我们祖辈父辈一样，头发白了也能对视一笑。

可现在这个年代，诱惑越来越多，金钱的影响力越来越广，是不是只有隐居山林，才能和对方谈一辈子？

我二姑今天做了一桌子好吃的，我在厨房里转悠了几圈，突然有些不爽，想到假如我和王皓离婚了，该不会他爸也请他下一个老婆吃大闸蟹吧，这才离婚多久啊，啧啧，真是只听新人笑，哪闻旧人哭。

本来想抬脚一走了之的，但看在秘制狮子头的份上，我又把脚缩回去了。

一走出厨房，就看到汪特翰带着那丫头回来了，我看了一眼，长得眉清目秀，不算俊也不算丑，没小樊时髦，但一副温顺的样子。

菜都上桌了，我就只盯着那个最大的狮子头，我想，姑奶奶喂，我留在这儿就是为的你，要是开饭一声令下，我不抢过来我就找块豆腐撞死。

我二姑坐到桌边，解了围裙说："开饭……"

那个饭字就匿在黑暗中了。我在黑暗中抓着筷子，欲哭无泪，这停电停得简直不是时候，今天吃不到，一定把电力局告上法庭。

这个时候，汪特翰就从房间里出来，捧着个蛋糕，上面插着个 25 字样的蜡烛。他说："爸妈，结婚二十五周年快乐。"

我那筷子咣当就掉地上了。

我这人常误会别人，要不是吃饭的时候，我二姑说："今天特意把你叫过来，就是因为我做了个狮子头，你平时总嚷嚷要吃，我也没那闲心，这不，今天做了就把你叫过来了。"

汪特翰说："我说你们今天怎么让我把了了带回来吃饭，想了半天，才想起今天是结婚纪念日。"

我姑父就笑了，说："这孩子，浪费钱，还买什么蛋糕。"

那个叫了了的女孩就端起手里的果汁，说："祝阿姨叔叔身体健康，幸幸福福地过金婚，钻石婚！"

这丫头，嘴巴就是甜，换成我，这些话肯定说不出口。要不怎么人家招人疼呢，听说我姑妈满意极了，都开始催汪特翰赶紧娶了。

想到这里，我就又开始失落，我这张嘴，臭烘烘的，做事又冲动，被窝里捂不住个热屁，好不容易找到个愿意收留我的，我又要和人家离婚。看我姑妈这辈子，虽说我姑父挣不了什么钱，但到老了，还有个伴搀扶着过，也算安全退休，美满幸福。

2

两天后，我琢磨着王皓差不多该回来了，就给他打了个电话。其实我不想主动妥协的，拖鞋不是我的风格，我一向穿帆布鞋。

我不知道怎么说，就只能问，中午饭吃了没有？

他说：“还没，有什么事？”

我被这冷淡的语气弄得不知所措，就只能问他：“你什么时候到北京？”

他说：“下午。”随即，他顿了顿，说：“汪燃，我们分开一段时间吧，你也让我冷静冷静，最近发生的事情太多了。”

我就急了，说：“我说离婚是气话，我真没想过离婚。”

他仍然坚持分开一段时间，说房贷的钱还是他来还，我不用管。

我眼泪就下来了，说：“王皓，你是不是想离婚，想离婚就直接说，别弄那么多事情。”

他说：“我不想离婚，就是想分开，大家各自冷静一段时间。”

他要是现在在我跟前，我准能给他一耳光。于是下午我就去新房里堵他了。可等了一下午加一晚上，他都没回来，手机也是关机，到了半夜一点多，我实在撑不住，就自个上床去睡了。

第二天王皓还是没回来，我就去他公司堵他。这是我第二次去他公司堵他，第一次是我和他恋爱的时候，我妈非要去公司看他。

想起往事一阵心酸。

半路上，刁媛媛就给我打电话，她问我在哪儿，我说老娘正在去王皓公司的路上。

她说："你一人?"

我说："废话。"

她就哦了一声挂断了。我想了想，觉得不对劲，就给她又打了过去，一打过去，她还没等我问，就自己把实情和盘托出了。要是犯罪嫌疑人的都有这觉悟就好了。

她说："刘光天失踪了。"

我说："王皓也失踪了。"

然后我们同时在电话里说："你那个他妈的什么臭男人!"

我说："你等等，我去了王皓公司就来找你。"

她说："你等等，我来王皓公司接你。"

最后达成协议，我找到了王皓，拖他到一个没人的地方，大骂一顿后离开，在拐角处等老刁来继续骂，把这些没用只知道玩失踪的男人骂个透顶，再来拐角处接我，我们再一起去找刘光天，然后继续骂。

杀到王皓公司的时候，大家都在忙，我一个人都不认识，只好随便找了个看上去和我年龄差不多的女孩子，问她："请问，今天王皓来上班了吗?"

女孩子看了我一眼，说："你是他哪个客户？他已经不在这里做了。"

还好我没垫过下巴，要不那下巴掉下来估计得把地面砸裂，我结结巴巴地问："辞职是什么时候的事?"

她说："两个星期前就辞职了，你要装修房子是吧？我们给你重新找个设计师，擅长各类……”

我说：“我是他老婆，装修个屁啊。”

女孩子疑惑地看着我，说：“他结婚了？我没听说啊。”

这个时候，我才恍然大悟，原来丫的一直在当隐婚族，亏得我还做了这么久的雌王八。于是我怒了，说：“废话，结婚证要不要给你看?!”

她说：“那你给我看看呢?”

我说：“做梦!”

出来的时候，我都快站不稳了。我第一次发现我从来没摸透过王皓，这么可怕，不知道还藏了多少我不知道的事。

刁媛媛到的时候，我正蹲在街边哭，昨天是回想起往事我一阵心酸，现在是回想起往事我一阵恶心。什么加班陪甲方，说不定陪一个浓妆艳抹的美女去了，我还在家傻傻地偷菜，因为跟别的男人多聊了几句愧疚万分。

老刁走到我面前，说：“姓王的在哪儿哪，我来发泄了!”

我就站起来，准备告诉她整个事件经过。谁知道一站起来突然眼前发黑，一头就栽倒在地上。

其实我当时还是有意识的，就是脑袋晕得厉害，估计是低血糖，蹲久了，但刁媛媛以为我真晕过去了，赶紧地拍我脸，那简直不叫拍，叫耳刮子，在我头晕的十几秒时间里，她起码给了我二十个大嘴巴。

我有了点力气，就赶紧地叫："你他妈的是不是要抽死我！"

她长吁了一口气，说："我还以为你要死了。"

我说："你这样抽我，我离死也不远了。"然后就把事情的经过讲给她听了一遍。老刁听叙述的时候，一直发出"我操"两个简短有力的评价，最后，我说完了，感觉自己又快晕过去了，她赶紧地扶住我，说："要是找到姓王的，我帮你剁了他的小鸡鸡。"

换成平时，我一定会说："要是我帮你找到刘光天，我帮你爆了他的菊花。但是我实在没那个心思贫嘴了，只想找个地方，安静地哭一场。这婚是离定了。"

欺骗？为什么男人总要欺骗真心对自己的女人？她只是想用痴心换真心，却没有想到，一颗痴心换来了负心。从根本上来说，女人一点也不现实，因为在她年老的时候，最值得回忆起的，还是当年的爱。

那天回去后，我想了很多，把和王皓在一起的点点滴滴都细细地梳理了一遍，发现和我生活了这么久的男人，竟然是一个我对他一无所知的男人。我没敢告诉我爸这件事，从一开始，就是我执意要和他结婚的，现在落到这个地步，也算我活该。

老刁第二天就帮我找到了王皓，下班后，她把我约在一家快餐厅，说：“汪燃，我要告诉你事实，你听不听?”

我说：“不听。”

她愣了一下，说：“但我还是要讲。”

老刁之所以每次都能帮我找到王皓，就是因为王皓的一个朋友，是她的一朋友，只要找到她朋友，就准知道王皓所在。她说：“王皓辞职，是把一个大工程给搞砸了，公司赔了十几万，让他要么赔钱，要么自己辞职，他拿不出钱，只能辞职。”

我说：“活该。”

她说：“至于隐婚，我昨儿问了他了，他给了一个特牵强的理由，说公司里没人问他，他也没提起，想把婚假留到你们有闲钱度蜜月的时候用。”

我说：“让他死开吧，留着骗骗吃奶的小孩还差不多，要是他用这理由和我离婚，我和他死磕！”

老刁就说：“我也觉得有些牵强，什么叫没人提就不讲啊，这男人真不是什么好东西，是不是还想着和公司里的新人来那么一腿啊？”

我听不下去了，越听越难过，就冲老刁摆摆手说：“别说了，我心脏快承受不了了，对了，你找到刘光天了没？”

老刁说：“找着了，在他妈那儿躲着呢，还是他妈打电话告诉我的，我也不想去问他，没那低声下气的习惯。”

我问：“没说什么原因？没准儿是史燕在背后使坏哪，你说你们这马上就要去新加坡了，手续也办得差不多了，史燕该不会眼红妒忌吧？”

和老刁紧急商量了一阵后，我决定单枪匹马去找刘光天问个明白，也算泄愤，把对男人的不满都泄到他一人身上。

在刘光天楼下，我真看到一个卖冰激凌的小卖部，想起那天老刁说的，吃个冰工厂冷静一下，我就买了一支冰棍平息一下愤怒。因为我突然想到，我算哪门子人物，正主都没上门质问，我一个管闲事的去撒泼，简直是不可理喻。

在吃了三支冰工厂后，我感到自己还没冷静，体内的小宇宙一直在燃烧，正在买第四支的时候，刘光天他妈就远远地瞧见了我，还叫我的名字。

她一路小跑着过来，说："嘿，这不是燃燃吗，多久没见过你了呀，走，阿姨今儿买了一条鲶鱼，足足五斤，到阿姨家吃饭。"

在刘光天他妈的拉扯下，我皮笑肉不笑地举着第四支冰棍去了刘光天家。

一进门，就看到刘光天在玩那种老式的插卡游戏机，看见我来，他面带尴尬，他妈赶紧说："我在楼下遇到燃燃的，就把她叫上来一起吃饭了，今天买了一条大鱼，足足五斤重。"

我就一边撕冰棍的包装纸，一边说："对，不是我自己强烈要求来蹭饭的。"

刘光天他妈进厨房后，我就吃着冰棍冷静，琢磨着台词坐在了刘光天身后的沙发上。

终于，我想好了起头的词，就小声地说："你最近怎么突然兴起玩失踪?

再过些日子，你和老刁都要去新加坡了，你怎么了?”

刘光天背对着我，说:“我不想去新加坡。”

我说:“得，说得和你不愿意去幼儿园一样，小盆友你几岁了?”

这个时候，刘光天他妈从厨房里出来，大声说:“燃燃啊，把媛媛叫来一起吃个饭吧。”

我一边应着好嘞，一边小声对刘光天说:“敢情你还对史燕念念不忘?你瞧瞧你，一股子怀旧的遗老遗少气息，还玩插卡游戏机，怎么，想暗示我你对史燕旧情难忘?”

他终于转过身来，看着我说:“这事和史燕没关系，是我自己的问题，我对不住刁媛媛。”

他那么认真的表情，让我吓了一跳。

他接着说:“你也知道，我大学英语四级都是买答案 PASS 的，新加坡是全英语交流，我到那里去，一不会英语，二没什么能力，你叫我怎么活下去?”

我说："慢慢来呗，平地抠饼你会不会？白手起家懂不懂？合着你就是为了这个玩失踪的？"

他想了想，说："差不多，我心里特乱，想找个地方静静。"

这个时候，刘光天他爸回来了，一看见我，就笑了，说："燃燃来啦，媛媛呢？"

刘光天替我回答说："没来，她有事。"

我不淡定了，就拿出手机来说："谁说的，万一老刁现在闲得很呢？我把她叫来一起吃饭。"

他爸就笑了，说："好好好，我待会做个油茶给你们吃。"

说完就挽袖子进厨房了。

刘光天他爸做的油茶特好吃，小时候总是吃不腻，想起从前，刘光天总是用个铝制的饭盒带一大盒到学校，我和刁媛媛吃得满嘴都是糊。多少年没吃过了，突然就让我想起了我们仨小时候的情景。

看见我真掏手机拨号，刘光天就过来抢手机，说："别闹了，我说的是真的。"

“去你的吧。”我说，“你瞧见没，是你爸妈让我叫的，你小子怎么不知道珍惜？多好的一老婆，你简直是一非典型的傻帽，多大的便宜啊，别人求都求不来。”

刘光天的眼神一下就暗了，他小声地说：“是我想要的人，但不是我想要的生活。”

我说：“那你想要什么生活？”

他说：“过得简单一点，平淡一点，不做官也不想发财，更不想移民什么的，就一家三口平平安安地在这里过下去。”

“可去新加坡，多好的机会啊，要是成了新加坡公民，那福利可是杠杠的。”

刘光天没说话，只是一直在玩弄手里的手柄，最后，他说：“但是我去了新加坡，一切都要从头开始，你想过没，我这人什么本事也没有，只能耍耍嘴皮子哄客户开心，说说中文我还行，可英语，我就只会那么几句，难道靠女人养？”

我就叹了口气，说：“不去就不去，你就不能和老刁好好谈谈吗，你不愿意移民，那就劝她留下来，干什么玩失踪呢？你不愿意靠女人养，说明你骨子里有爷们儿的傲劲儿，可一个男人动不动就躲起来，不管什么屁事都往自个儿爹娘家里躲，是个爷们儿的作为吗?”

他没吭声，转过身去玩了一会儿游戏后，说:“你给刁媛媛打电话吧。”

一个小时后，刁媛媛来了，恰好遇上开饭。我想我最近真是情场失意饭桌得意，这里蹭一顿那里要一碗的，吃得满嘴流油。刘光天他爹的油茶手艺真是宝刀未老，改天我把这手学来，保不定哪天失业了，还能在街边摆个小摊糊口。

吃完饭，刘光天就和老刁去房间谈判了，我也找了个借口闪人。路上我试着拨了王皓的电话，可得到的却是对方已关机的回应。

他关机，我就关上我的心。既然他连谈判的机会都不给我，那我也不用给他解释的机会。

只是想到一段好好的感情走到现在这个地步，不免有些惋惜，有些伤心。

3

刁媛媛还是走了，她告诉我，刘光天不喜欢离开北京，她也不愿意逼他，再说她一个人也过惯了，刘光天这种射手座的男人，不喜欢被约束，那就还给他自由。

送老刁去机场的时候，我在柱子后面瞅到了刘光天。我告诉老刁刘光天也来了的时候，老刁淡然地说："我知道，我看见他了。"

我大惊："那你们为什么不给对方一个临别的熊抱？"

她说："没那必要。"

我有一种直觉，那就是刘光天最后一定还是要去找老刁，能治得了他这种浪子的，只有老刁。

目送着老刁去安检的时候，对着她孑然一人进登机口的背影，我用力地挥手，虽然她看不见。那个时候，我心里简直是有一种说不出的难受。老刁走了，王皓也不在我身边了，那种孤独感特清晰，跟数字频道的画面似的。

出来后，我给刘光天打了个电话，说："别躲躲藏藏的了，我俩早就瞧见你了。"

刘光天说："那你干嘛现在才给我说？"

我说："废话，难道要我自己走回家？"

在车上，刘光天一直都沉默，我觉得这气氛有点古怪，跟幽灵古堡一样瘆人，就率先打破沉默。我说：“你是不是什么时候追去新加坡?”

他说：“我不喜欢那个地方，我是中国人。”

我扑哧一下笑了，这话给李连杰成龙说说，或许还有那味儿，但到了刘光天嘴里，就像吃进去的是草，吐出来的是粪一样变味儿。

刘光天说：“要是我一开始就和刁媛媛在一起，你说我现在是什么样?”

我说：“你的人生不是小说，不能倒叙，所以你做人只能往前看。”

他转过头，深深地看了我一眼，说：“认识你二十多年，头一次听你说出这么有水准的话。”

我说：“怎么你和王皓都这样说，其实我只是个演员，善于把实力掩盖在大智若愚的表面下，真正的天才，看上去都是我这样的。”

说到王皓，我就又失落了。刁媛媛告诉我，王皓他妈现在已经不行了，本来身体就差，一化疗，就完全垮掉了，保不齐哪天就蹬腿上西天了。她建议我去看看，说好歹你也是他们家媳妇，你就当行行好，让她走也走得安心。

其实我挺想去的，但我怕去了和王皓又吵起来，当场把他妈气得回光返照从床上爬起来让我滚。

刁媛媛走了，我也不便去打扰刘光天，省得史燕以为我们前赴后继地去挖她墙角。我下了班就抱着一堆零食回家，冲个凉就嗤的一声拧开可乐，在漫无边际的网上寻开心。我们财务部的周末聚会我也推了，头儿问我："次次都不来，你该不会是有了吧?"

我赶紧点头。这可是个好借口，以后还能少干活。

小方就凑上来说："你老公回家啦？你上次打电话，不是说你老公俩月没回家了吗?"

头儿心领神会，赶紧地降低音量说："放心，我们懂的。"

我简直是欲哭无泪。

在看了一部叫《萤之光》的日剧后，我才恍然大悟，原来我这样的状态叫干物女，生活干涸，缺少爱情滋润，每天下班就蜗居在家，不修边幅。但人家干物女是大龄单身女，像我这种已婚妇女不知道该不该死皮赖脸地进入人家这小团体。

可每当打开 MSN 或 QQ，看到那个灰色的头像和名字，就有一股难以释放的情绪在胸腔里涌动。我并不是爱无能，假如王皓没有隐瞒我辞职和隐婚的事，或许我还会毫无顾忌地接受他，可现在，我们还能回到从前吗？不是独生子女学不会包容，只是我们被这个现实的年代伤得太多，不自觉地学会了提防和无情。

曾有人做过这样一个实验，将一只最凶猛的鲨鱼和一群热带鱼放在同一个池子，然后用强化玻璃隔开，最初，鲨鱼每天不断冲撞那块看不到的玻璃，奈何这只是徒劳，它始终不能过到对面去，而实验人员每天都有放一些鲫鱼在池子里，所以鲨鱼也没缺少猎物，只是它仍想到对面去，想尝试那美丽的滋味，每天仍是不断地冲撞那块玻璃，它试了每个角落，每次都是用尽全力，但每次也总是弄得伤痕累累，有好几次都浑身破裂出血，持续了好一些日子，每当玻璃一出现裂痕，实验人员马上加上一块更厚的玻璃。

后来，鲨鱼不再冲撞那块玻璃了，对那些斑斓的热带鱼也不再在意，好像它们只是墙上会动的壁画，它开始等着每天固定会出现的鲫鱼，然后用它敏捷的本能进行狩猎，好像回到海中不可一世的凶狠霸气，但这一切只不过是假象罢了，实验到了最后的阶段，实验人员将玻璃取走，但鲨鱼却没有反应，每天仍是在固定的区域游着。它不但对那些热带鱼视若无睹，甚至于当那些鲫鱼逃到那边去，它就立刻放弃追逐，说什么也不愿再过去，实验结束了，实验人员讥笑它是海里最懦弱的鱼。

可是受过伤过的人都知道为什么。

因为它怕痛。

马越恒给我打电话，说周末一起出去露营，当然不是我们俩，还有一大群人，男男女女的，一共十几个人，自驾游，地点是十三陵水库。

像我这种干物女，对露营野炊这种事，根本不感兴趣，可马越恒说，好像你有个叫史燕的朋友也来了，还带了个伴。我听了后，漫不经心地问，她带了谁？马越恒就回答我："不知道，是个男的，已经和你那朋友来参加过两次活动了。"

电话差点没被我捏爆，我当即就答应下来，去！挂了电话，我就开始兴奋，史燕竟然要开始第二春了，这个新闻的爆炸力不亚于宇宙起源。我一定得去好好刺探情报，然后汇报给老刁。说不定没了史燕这根搅屎棍，老刁一开心就从新加坡回来了。

马越恒把露营要买的装备列了个清单发给我，最后他说："帐篷你不用买了，我有。"

一顶帐篷好几百块，能省几百块，我当然开心。可到了集合的那天，我是怎么也没见到史燕的影子，就疑惑地问那个叫"帮主"的组织者："史燕呢?”

帮主说:“谁是史燕?”

马越恒说:“就是小百合。”他又转身对我说:“我们这里都叫网名的。”

我差点没笑岔气，还小百合，不如直接叫野百合得了，那首歌不是唱了吗，别忘了寂寞的山谷的角落里野百合也有春天。

为了应景，我也即兴起了个名字，叫希瑞。这样每当有人问我，这是谁，我就可以跳出来大叫一声，我是希瑞!

但前面不能适宜地加上那句赐予我力量吧，这一点让我稍感遗憾。

我和马越恒等人上了一辆吉普，在车上，那些人谈笑风生，我就一句话也不说，坐我旁边那个叫咚咚的女孩就问我:“希瑞你怎么啦，该不会是晕车了吧?”

我就笑着摇了摇头。最近除了家里就是公司，而且只在财务部转悠，社交能力明显有了障碍，见到人也不想说话，就那么一直沉着脸，小方差点没打我一顿，说欠你一顿饭你也犯不着把脸拉这么长吧?

也不知道是怎么回事，反正就不愿意和人交流，总是把自己封闭起来。老刁说我有抑郁症倾向，我说“你才抑郁，你全家都抑郁，我这是在人多时候最沉默。”

下了车，看到别人都去扎帐篷了，我就管马越恒要帐篷。马越恒说：“我们一起扎吧。”

我说：“那你也得把帐篷给我啊。”

他就从背包里把帐篷铺开，一铺开我就傻眼了，双人的。

我说：“马越恒你什么意思？”

他一脸无辜地说：“没什么意思啊，露营睡一顶帐篷很正常的，大家各自都有睡袋，又不是抱着一块睡。”

旁边的咚咚就过来了，说：“要不你和我睡一顶吧，我也是双人的。”

这个野营弄得我很不爽，一是没见到传说中的小百合，还有一个就是马越恒的司马昭之心终于露出来了，丫想毁掉我的清誉，没那么容易。

晚上篝火晚会后，我就钻进了咚咚的帐篷。说实话，我对咚咚还是挺有好感的，挺可爱的一小姑娘，说话总是带着笑，爱笑的女孩，运气通常都不会太差。最重要的是，她身上有我缺失了很久的乐观。

我的乐观，被谁带走了呢?

我和她睡觉前聊天的时候，才知道她上班的地方竟和我是同一栋写字楼。我说，不如以后咱们一块儿吃午饭吧，你也别叫我希瑞了，我叫汪燃，以后的活动我也不参加了，这次纯粹是脑子发热。

她说："那你也不用叫我咚咚了，我叫李小月，我朋友都管我叫月月。"

和月月正在聊着的时候，我的手机就响了，拿出来一看，竟然是王皓。

电话里，他问我能不能来河北一趟，他妈快不行了，最大的心愿就是看到我和他能和好。他说："汪燃，就当我求你，演戏也好赔笑也好，能不能了了我妈这个心愿？你看在我爸妈待你不薄的份上，过来一次，行吗?"

我犹豫了很久，才问："什么时候?"

他说："越快越好，最好是明天。"

我说："明天不行，我还要上班呢。"

他说："你请个假好吗？就一天，一天就行了，求你了。"

我的眼泪一下就出来了，也不知道怎么回事，一下就滑到了耳鬓。王皓从来没这样求过我。

我说："王皓，你永远都这样，永远都是有事了才想起我，辞职这么大的事你瞒着我，结婚这么大的事你瞒着别人，你已经同意离婚了，就别来找我。"

他没说话，在我打算挂电话的时候，他才缓缓地说："汪燃，我承认我做错了一些事，但你别这么绝情，求你了，你要离婚要房子，我什么都给你，求你过来看看我妈好吗？"

其实我已经决定去了，但还是掐了电话，翻身的时候，一行泪就无声无息地滑下来。

星期二，我就请了一天的假去石家庄。这次见到王皓他妈，她已经完全瘦得不成人形了，但一看见我，那黯淡了的眼睛马上就放出光来。我走到床前，叫了一声妈，想起这些日子发生的事，眼泪就又止不住地流下来。

他妈用微弱的声音说了一句话，我听不见，就俯下身子，终于听见她说："好好过日子，我第一眼就把你当成自己的女儿了。"

我已经决定和王皓离婚了，听到这句话，不免有些说不出口的伤感。

在床前坐了一会儿，我就准备走，王皓送我到医院门口的时候，我看着他的背影，那么熟悉的背影，却又那么遥远，仿佛触手可及，但又远在天边。

我把离婚协议书拿出来，说："房子卖了，我们一人一半，还有家电……"

他一把抢过去，然后在我眼前撕了个粉碎，说："我不会离婚的。"

我愣愣地看着他，不知道该说什么。

4

和月月约好了去逛街，到的时候发现有一个男的站她旁边。她介绍说："这是我一特好的哥们儿，谢志平，你管他叫老谢吧，真的特好，就和你跟刘光天的关系一样，他人特仗义，我们坐他车去东四吧。"

在月月说话的时候，这个叫老谢的男人就一直看着我，看得我差点没掏手绢出来蒙脸上。

现在一见到陌生男人，就老是想起马越恒。月月告诉我，马越恒除了加他们这个群，还加了另外一个泡良俱乐部。我就问她什么是泡良，她说："泡良你都不知道呀，你 out 啦，泡良就是专泡良家妇女，到手之后就甩，我老早就看不惯他了，拈花惹草地，把一个好端端的驴行群弄得乌烟瘴气。"

真是知人知面不知心，这年头，除了爹娘，还有谁靠得住呢?

到了东四，月月说："我们下车吧。"但老谢立马说："我陪你们逛吧，反正我也没事儿干。"

月月说："你不是说你还要回去处理个事吗?"

他说："没事了，谁告诉你我有事啊，我闲着呢。"

月月一脸狐疑地说："有鬼，你太反常了，但我们俩女人逛街，你一大老爷们跟着，不知道还以为是我们养的小白脸，你该干嘛干嘛去吧。"

他才心有不甘地说："那你们要回去记得通知我啊，我来接你们。"

在老谢走后，月月说：“这小子平时叫他做事，他总是推三推四，今天这么爽快，一定有鬼！”

逛完了月月也没打电话叫老谢来接我们，而是我们分头回家，各找各妈去了。谁知道晚上我就接到了一个陌生号码的来电，我接起来，是个男人。

他说：“还记得我吗，我是老谢。”

我说：“记得，你有什么事儿吗？”

他说：“在干嘛呢？”

我说：“在看电影。”

“原来你喜欢看电影啊，明天你有空吗？我们一起去看电影。”

听到这里，我就想挂电话了，难不成又是马越恒那种泡良男？虽然最近我和王皓分居，但我们的感情还没完全破裂，想让我在革命的路上犯错，抱着枕头做春秋大梦还差不多。

我就推辞了一番，准备挂电话。老谢这人感官也够敏锐的，一察觉出来我要挂了，赶紧地说："我没别的意思，我就想告诉你，我对你一见钟情了。"

这句话真是让我震得五脏六腑都错位了，长这么大，从来没人对我这么直接地告白过。老谢接着说："我从来没有过这种感觉，相信我，真的，我这话是掏心窝子说的。"

我说："不可能吧，小到大，也没人说我长得特惊艳特偶像派，怎么就能引起你的一见钟情了呢?"

他说："不知道，反正我喜欢上你，只用了一秒钟的时间。"

我仍旧表示可信度不高，但这样的表白，让一个婚姻在岌岌可危边缘的妇女有些飘飘欲仙。可我还说要把实情告诉他，我说："我结婚了。"

他说："我知道，月月都告诉我了，但我觉得你还是有权利知道我对你一见钟情的事儿，咱别的不说，就只论知情权，你也有权知道不是？至于你接不接受我，则另当别论。"

他几句话说得我毫无招架之力，只能嗯嗯啊啊地同意他继续表白。

他说："你看，虽然我小你一岁，但我觉得年龄不是差距，完全不能阻碍咱俩的友谊发展下去，不过话说回来，你那老公真是个青光眼，有这么个天仙似的老婆瞧不见，可惜了他那双欧式双眼皮儿的大眼睛……”

我打断他：“等等，你怎么知道我老公是双眼皮？”

他说：“为了更深刻地了解你，我把你空间的密码给破解了，我琢磨着，这破解密码怎么也得好几天，谁知道半个小时就让我进去了，你那密码忒简单了，下次记得弄个复杂的，万一你哪天心血来潮放个内衣秀进去，不就吃大亏了，还有密码长了，显得你有深度。”

曾经，我以为我就够贫了，连刁媛媛都说我，贫得让人闹心，但遇到了老谢，我才知道，一山还有一山高，谢志平的功力甩我几个银河系去了，在他面前，我充其量只能算个罗里吧嗦的妇女而已。

聊到最后，我说：“我有些困了。”

他说：“拿根针把自己扎醒会不会？”

我说：“扎漏气儿了你来补？”

他说：“那天我那天我看到一修车铺，上书四个大字——补充胎气，你可以去那儿补。”

我被他一张嘴雷地风中凌乱，成吉思汗靠武力征服天下，谢志平用一个扩音喇叭就可以了。

可能是经过王皓这件事，我把自己封闭起来得太久，很长时间没和人聊过天，那天晚上，我和谢志平竟然通过无线通信设备聊到了深夜一点，大有一种相见恨晚的感觉，这感觉不是男女之间的，而是那种人海茫茫知己难觅的触动。有时候女人也需要一个蓝颜知己，但由于舆论的压力，才不得已放弃了这一念头。我就对老谢说："要是你是 GAY 多好。"

我在电话里给他倒了很多苦水，在挂上电话的那一刻，我差点泪如崩漏带下，对着自动关机的手机感慨，老刁，我终于找到了一个新的精神垃圾桶，你在新加坡不用担心了。

从那以后，谢志平几乎每天都约我出去，不是看电影就是去兜风，再不然就是叫上月月一起去唱 K。

我们头儿说："小汪，最近气色好了不少啊，和前段时间比起来简直是天上人间，你瞅瞅你前段时间那样，每天都耷拉着脸，和你说话，你也只是两个字儿两个字儿地往外蹦。"

其实是因为王皓，因为和他不能调和的矛盾，让我把心封闭起来太久，拒绝别人的进入，也拒绝进入别人的世界。再加上老刁走后，我成天都怅然若失，感觉自己一下什么都没有了，曾试着让老刁回来，老刁说要让她回来，除非给她买瓶忘情水，换她一生不流泪。

忘情水我是没有，敌敌畏倒是能弄到几箱。

我说：“老刁啊，有时候，太在意伤口，反而更痛。”

她说：“那你找个英俊小生来给老娘疗伤?”

我说：“你这人真是肤浅。”

那天我把公司一张票据给弄丢了，那票据说重要不重要，偏偏我们头儿心情不好，就把我给臭骂了一顿，说再这样下去就滚蛋。

我心情极其不好，提着老刁送我的尖叫鸡去厕所里捏到手肿还不能释放愤怒，倒是打扫卫生的大妈被尖叫鸡的声音吓得连连敲门，让我别在厕所里养鸡。我说我哪有养鸡。

她说：“我都闻到鸡屎味儿了。”

我说：“你鸡蛋吃多了吧?”

下班后还是一肚子气，就给月月打电话，月月却说她在加班，估计要加个通宵什么的。然后我又给刘光天打电话，刘光天说他也要加班，但不至于通宵，估计十二点就处理完了。

后来我实在是没辙了，只好给谢志平打电话。我想，要是谢志平再加班，我就回公司去，发点狠，把这个月做好的报表给撕了，重做；要不就去超市买一袋方便面，带着一肚子的怨气捏碎了再用胶水粘起来；又或者暴饮十杯水，然后去称长了多少斤，再去马桶上坐着，等水排光了再去称轻了多少；这些还不能发泄，终极办法就是找片破布，剪成十片，然后分别滴十滴墨水到上边儿，再用十种不同的洗衣粉洗掉，看哪种牌子洗得最干净。

最后，我总结，科学家都是被无聊逼出来的。

谢志平不愧姓谢，他说他不加班，那就表示我不用准备做科学家了。我当即就说："谢天谢地谢志平。"

对于我心情不好，谢志平给的方案很大快人心。他说："找个良心大大坏掉的人，用石头砸他的窗户。"

这方案我考虑再三，最后通过了。看似简单，只需要几块石头就行，但要去找住在一二楼的仇人，估计得筛选很久。最后，我们把目标定在了张启冈他妈的房子上。

谢志平教我，一定要快准狠，由于现在的玻璃大多是 4 毫米以上的厚度，所以爆发力得强一些，少一分都不行。我说："不如找个场地，我们排练排练。他立刻否定了我的想法，说，非也非也，要保存体力，根据我以往的经验，一鼓作气再而衰三而竭，咱们争取一次就过！"

我说："看样子你干过不少砸玻璃的事儿。"

他心算了许久，最后挠挠头放弃，遗憾地说："我只砸过小学到大学老师的玻璃，也就那么十来个，具体多少我也不记得了。"

我说："不用说，谁都知道是你干的。"

他说："那又怎样？到最后，我高中班主任来求我，能不能别砸他玻璃了，一块玻璃一百多块钱，这哪是砸玻璃，简直是砸心口。"

混进了小区，却发现张启冈家有人。我准备撤退的时候，谢志平豪情壮志地鼓舞我，这样才刺激。

的确有那么一丝刺激，就像在危险期 OOXX 不戴套，或者在公安局发工资的时候抢银行一样。

可我还是迟迟不敢下手，谢志平在一旁干着急。为了给我做个示范，他就拿起一块石头，右脚弯曲，做出一副弯弓射大雕的姿势，说："姿势就是这样。"

我说："接下来呢?"

他说："接下来要用力。"

我说："用多大力?"

他说："你看好了，这样的力道就行了。"

我还没回过神来，他就大喝一声："走你!"石头从他的手里以光速脱出，张启冈家的玻璃哗啦一声就碎了。

保安闻声而来，张启冈家里也探了个脑袋出来，我看见了，正是张启冈。谢志平说："你还不跑等什么?"

说完就拉着我的手噔噔噔地开溜，可我奔跑的速度和他相差太大，他一路跑一路说："真是不怕狼一样的敌人，就怕猪一样的队友，早知道就不带你来砸玻璃了。"

那个时候，我就想起了和王皓，还想起了那次在餐馆外边和人打架，一伙人跟着警察抓通缉犯的场景。

没有替代不了的人，只有替代不了的回忆。如果他在我身边，我一定会问他一句："皇上，您还记得大明湖畔的夏雨荷吗?"

5

谢志平在我生日那天送给我一个 PRADA 的尼龙布手袋，我当时以为那是 A 货，就没在意，欢欢喜喜地收下了，心里还琢磨着，这袋子够大，以后能拎着去买点菜什么的，就对我妈说："以后要用购物袋了管我要。"我妈说好嘞。

那天装了满满一袋子的资料票据回公司，我们头儿感慨，小汪最近中彩票了啊，借点钱给我花花。

我一头雾水，说："你从哪里看出我中彩票了?"

我们头儿就说："PRADA 都拎上了，还跟我装什么小吉普哪?"

我就笑了，一脸憨厚的说："假的。"

头儿说：“不可能，我昨儿才去国贸看过，要是假的能仿成这样，你给我捎十个来，我全要了。”

我立马答应：“好咧，没问题。”

于是我打电话给谢志平，问他这包在哪儿批的，都以假乱真了。他愣了愣，说：“国贸。”

我说：“别开玩笑了，给我批十个，我们头儿要十个，你别说，这尼龙布包挺能装东西的，特受用。”

他在电话里就跳起来了，说：“姑奶奶，这可不是什么编织袋，十个就要十万多啊。”

我说：“你蒙谁呢，什么大牌的包用尼龙布做啊。”

他就信誓旦旦地说真是在国贸买的，如果送仿的给我，他死一户口本。

那天我就和我们头儿去了国贸，一上台阶我就打了个趔趄，我们头儿赶紧地扶住我，我大义凛然地抽出手，说：“别管我，我就腿有些软。”

找到PRADA，再三比较了后，我就在凳子上默默地坐下了。

一万二,一万二,一万二，王皓从没送过我这么贵重的东西，我活了二十八年也没收到过这么贵重的生日礼物，老刁当时送我那一袋子用过的护肤品，我就已经受宠若惊了，这一刻，我终于理解了那些被昂贵礼物收买的女人们的心态。受宠若惊已经不足以表达，只能受精了。

我就死活要把这个包还给谢志平，谢志平说：“你还给我，我拿一女式包来干嘛？你见过哪个大老爷们挎一女包走街上，变态啊?”

我还是坚持还给他，我说要是让我老公知道了，一准认为我已经背叛他了。

他说：“你一 PRADA 算什么，月月上次过生日，我还送给她 LV 呢。”

我就求证了月月，月月说：“老谢这人挺大方，他的的确确送我一 LV，荔枝纹的。”

我就悲催了，说：“我长这么大从来没收到过这么贵重的礼物……”

月月就安慰我：“万事总有开头。”

我说：“在得知价格后，突然有一种做二奶的感觉……”

月月继续安慰我："二奶我已经比你先做了，你充其量只能算三奶，老谢这人不心疼钱，人生宗旨就是有钱难买爷开心，你就安心收下吧。"

我说："你这样一说，我还有一种西门庆和潘金莲的感觉，你就是王婆，我家那武大郎知道了保不齐多难过……"

我妈当然不知道这个包的价格，在这个包的价格已经深深烙印在我心里后的第三天，管我要这个包去参加老年协会的野餐。

我说："不给。"

我妈努嘴："小气。"

我爸说："给你妈吧，你这袋子看上去挺皮实的。"

在他们的夹攻之下，我就急了，说："这包值一万二，你拿去野餐，有你这么餐的吗?"

我妈说："一万二，韩元吧?"

我说："人民币，国贸明码标价销售，PRADA 的。"

还是我爸狐疑了，问：“谁送的？”

我不敢说是最近认识的一男人，只好说：“自己买的。”

我妈就抽了拖鞋举起来，悲痛地说：“养你二十八年白养了，撒个谎都劣质得能让人一眼看穿，你哪儿来的一万二，你兜里有几个钱我们会不清楚？”

我说：“我借的。”

我妈就两只拖鞋都举手上了，痛心疾首地说：“谁愿意借你一万二买个尼龙布包？”

我只好把实情告诉给我爸。我爸说：“还给人家吧，这么贵重的东西。”

我说：“怎么还，别人打死不要。”

我妈就插嘴说：“那你注意点，别和人家走太近了，话说回来，你和王皓什么时候和好啊，刘光天都要和史燕复婚了。”

这最后一句，简直是平地惊雷。看来刘光天这小子的确是守不住空房，天生的不要脸，可怜了老刁还在新加坡苦苦地等候，等他刘光天什么时候豁然开朗，去报个英语培训班什么的。

我就给刘光天打电话求证，刘光天说电话里说不清楚，约我明天下班后在星巴克见面，顺便把生日礼物补给我。第二天下了班，他递给我一个小盒子，我没拆，问是什么，他说：“一瓶香水呗。”

我说：“你真抠门，前两天别人送我一 PRADA 的包。”

刘光天大惊失色，我赶紧辩白说：“我没有做对不起王皓的事。”

他就笑了，说：“也是，怎么会有人看上你。”

我不想和他耍贫，就直接地问：“听说你和史燕要复婚了？”

他说：“你听谁说的？”

我说：“你真是不利索，当初我问人家老刁是不是和你好上了，人老刁立马就承认了，你还拐弯抹角地想转移话题。”

他只好承认，有那个想法。

我真是为老刁不值，刘光天这么一白眼狼，怎么就能不费吹灰之力就抓到两只小肥羊了？而且小肥羊还是自动送入狼口。

他说：“你那眼睛斜着算怎么回事，你以为我朝秦暮楚?”

我说：“不是，只是感叹女人争来争去，也不过是白玫瑰和红玫瑰的循环而已。”

他叹了一口气，说：“我没你想得那么复杂，只是我早就习惯了史燕，整整七年了，她跟了我已经七年了，她的什么刺我都消化光了。”

我补了一句：“扎在心里也不觉得疼了?”

他说：“她并不是你们想得那么差，她对我很好，只是性子急，脾气坏，但心地还是很好的，我还记得刚和她恋爱的时候，半夜刷马路，在路上看到一个卖红薯的老头，她立马掏钱把剩的红薯全买了，我当时就觉得这个女人，值得我为她奋斗。换成是你，你舍得这七年的回忆?”

想起从前的事，我就笑了，说：“是啊，你和她恋爱的时候，还来求我，能不能把我二姑的旧房子给她住一段时间，我去她住的地方，她正在泡方便面，旁边放着俩馒头，我见了就觉得这女孩不错，挺能吃苦。”

他说：“七年了，或许这真是七年之痒，你骂我没种也好，狼心狗肺也好，但我真的没力气再和刁媛媛去新加坡创造个七年出来了。史燕前段时间加了一个自助游的群，她说她出去走过几次，想通了很多，包括我们的事。我也很感激刁媛媛，她是个好女人，她帮我走过了那段对感情失望的时期，没有她，我或许也不会重新审视自己到底要什么，更不会有和史燕复婚的念头。我对不起刁媛媛，这是真心话。”

老刁是个催化剂，她总能把身边的人带动地内心同她一样强大。刘光天最后总结，世界上没有哪一对夫妻是完全契合的，也没有永不倦怠的爱情，只是停停歇歇过后，最初的梦想被打磨光滑后，悲观的人看到的只是鹅卵石，乐观的人看到的却是宝石。

那我是悲观的人，还是乐观的人？

刘光天的宝石论让我想了很久，最后我发现我婚姻的症结就在心态上。如果这个心结不解开，甭管今后我老公是谁，就算是玉皇大帝，让我做王母娘娘照样也会大闹天宫。

于是我就破天荒地打了电话给王皓，他接起来“喂”的那一声，让我感觉突然想起一首歌，最熟悉的陌生人。

我问他：“最近还好吗？”

他说："还好。"

我说："妈呢？"

他说："就那样。"

我说："要不我这个周末过来一趟吧？"

他说："不用了。"

真是兜头一盆透心凉，本来我还打算拉下脸和他和好的，但人家根本就不领情……

那天和谢志平吃饭的时候，不知道怎么回事，就说到了王皓。我告诉谢志平，我不想再这样耗下去了，等他回来了就离婚。

谢志平沉默了两秒，说："婚姻还是慎重些吧，个人意见仅供参考。"

我说："老谢，我真的挺感激你的，要不是你，我一准会得抑郁症，可我还是觉得我做人挺失败的，到现在还弄不明白男人到底是什么物体。"

他说："男人是个矛盾体。"

我问:“此话怎解?”

他说:“同时拥有世界上最厚实和最尖利的东西。”

我又问:“说明白些。”

他说:“男人的脸皮就是世界上最坚硬厚实的盾，可男人的胡子能把脸皮给扎破，野火烧不尽春风吹又生，爱老婆，也恨老婆，三聚氰胺喝了还有个发病过渡期，交杯酒一喝自由立马就没了。”

当即我就觉得谢志平不该开公司，该开个培训班。

他说，我以前有个女朋友，对我特好，打个比方，我讨厌臭豆腐，可她就好这口，但和我在一起后，她一块儿都没吃过，真为了我把自个儿所有的爱好都戒了，但最后我们还是分手了。

我说:“那准是你的不对。”

他说:“谁也没不对，她总爱说，我为了你，把什么什么都戒了，你该对我好一点，多花些时间来陪陪我，别老是打游戏，别老是邋里邋遢，别老是不陪我逛街，别老是这个那个的。可这些坏习惯也是我性格的分支，你不能非要逼我生长成你想要的样儿啊，如果非要我按照她期待的那样生活，最后的结果只能和盆景猫一样，畸形，扭曲。”

盆景猫我知道，就是在猫小时候，把它的骨头打断，然后塞进瓶子里，最后猫就长成了瓶子的形状。

我有些领悟了，若有所思地说：“每个人都有自己的生活方式，不能太强求，有人对我说过，生活就像强奸，当你无法反抗的时候，只能享受。”

他说：“我没经历过婚姻，所以也不能给你一个很好的答案，但是我觉得，两个人在一起，就是互相照应，不要想把对方变成自己的附属品，不要用你的付出来索取相应的回报，感情不是买卖，不是冷冰冰的等价交换。为什么法律判定离婚的条件是感情破裂，就是因为人都是有感情的，计较的多，感情就淡了。不管是恋人，还是亲人，都要给对方一个空间，毕竟人活一辈子，不可能只为你一个人。”

我说：“可我最难过的，是他对公司里的人隐婚。”

谢志平说：“他对别人否认过已婚的身份？”

我说：“这个倒没有。”

他说：“那不结了，你说的这根本够不上隐婚，他又不是刻意否认，顶多算得上和同事缺少交流。”

谢志平的一番话让我茅塞顿开，也让我有了和王皓重新开始的信心。从这天起，我决定叫谢志平为恩公，是他把我从自闭的生活中拉出来，又给了我重新面对生活的信心。他和刁媛媛一样，能让人觉得生活是用来享受的，不是用来诅咒的。

老刁说过：“我最瞧不起那些和尚，你再怎么看破红尘心如止水，也是个不敢直面生活的废物。”

谢志平说：“生活，就是生下来活下去，当你觉得一辈子很长的时候，其实那只是几十年的事，假如我能活到八十岁，也只是看十七八次世界杯的事儿。”

我突然觉得，要是老刁和谢志平能凑成一对，那就算皆大欢喜了。

周末，我就去了石家庄，一进病房，王皓就看见我了。说实话，看见他，我心里还有些隐隐约约地疼，那些疼都来自我们吵架后没有愈合的伤口。

他见了我，上前来接过我的包，说：“你怎么来了?”

王皓他妈已经是气若游丝了，瘦得脸上一层皮包着骨头，说话我也听不见，只能王皓俯下身来仔细听，然后转达给我。

他说："妈说她很想你。"

我知道他妈说了一长串，绝对不止就这么几个字。

后来他爸回来了，手里提着饭菜，一见我就说："闺女，你不用来，这里有我和王皓，你工作挺忙的，就别为这事儿操心了。"

我就笑着说："我活不忙。"

他说："我知道你最近在忙着考试，复习重要。"

我有些奇怪，琢磨着最近没考试啊，闲得要死，此话从何而出？

王皓背对着他爸，对我挤眉弄眼地说："你不是要忙着考注册会计师吗？"

我一下就明白了，这小子准是怕他妈知道我们分居，就撒谎说我在准备考试。还注册会计师呢，这谎撒得简直太抬举我了，我还在中级会计职称上苦苦挣扎，一转眼就成了考注册的人了。

王皓他爸说："王皓这孩子，让他回去找工作他也不肯，还把还房贷的任务都交给你，一个女人，又要挣钱又要考试的，唉，都怪我们把他宠坏了。”

我只能跟着王皓一起撒谎：“哪能呢，现在是特殊时期，我不能来照顾妈，心里一直都觉得对不住。”

晚上王皓带我去找住的地方时，我说：“别麻烦了，去你们住的地方吧。”

他犹豫着说：“那地方挺简陋的。”

我说：“再简陋总有床吧？”

看到出租房的时候，我还是吓了一跳。是个套二，但两间卧室用木板隔成四间房，客厅也隔成两间房，王皓和他爸就住客厅里，进去后，空间狭小地连转身都困难。

他说：“看，我就说你不习惯，我和我爸轮换着去医院，平时我就在这里做些设计。”

那天晚上，我还是留下了，到了睡觉时间，木板的隔音效果跟没隔似的，隔壁那呼噜声简直要人命。

这是我们两个月后第一次睡在一块儿，由于实在睡不着，我只能捅捅他说："王皓，我睡不着。"

他转过脸，说："我也睡不着。"

我说："这些日子我想了很多，我们能不能重新开始?"

他啊了一声，带着疑惑的声音问我："为什么要重新开始？我们又没走到终点。"

在黑暗中，我就摸索着他的胸膛，然后深深地把头埋进去了。他就开始解我衣服，我推推他说："当心隔壁听见。"

他说："你听听，隔壁那呼噜声跟放鞭炮似的，我强奸了你都没人知道。"

我就笑了。那熟悉的味道钻进我的鼻子，他的唇是烫的，身体是烫的，就连呼吸，也是灼热的。

突然，我想起了马越恒，就说："我告诉你个事儿，我和马越恒真没什么，他就是个王八蛋，我把他手机删了，QQ 也拉黑了……"

他在我耳边轻轻地说："我都知道，我爱你。"

一句我爱你，能让人忘记姓名。

尾章　婚姻的姿态

到了秋天的时候，王皓他妈就撒手人寰了。王皓哭得很伤心，像个孩子一样，我走过去，本想把纸巾递给他擦擦鼻涕，但他一把就抱着我，什么话也没说，就使劲儿抱着我，差点没把我的水桶腰给弄折。

在丧事完后，王皓就开始忙着组建他的装饰公司了。他豪情壮志地对我说，一定要混个人样出来。

我没应声，一是我不知道该说什么，二是我没心情回应他，因为我例假已经迟了十多天了。这事儿我没敢告诉谁，连他王皓都不知道。怀孕本来是好事，但王皓没戒烟，我也吃过一次消炎药，如果真有了，只能悄悄地把孩子给拿掉。

可有些事情，再怎么遮掩也无济于事。那天在我爸妈家吃饭，我刚吃了两口就开始反胃，我妈一脸惊喜地问我是不是有了，我就撒谎说最近胃不好。

我妈简直是个固执的老太太，以死要挟，硬拖着我去医院，得到的结果就是我有了，预产期是明年夏天。

在听到医生的宣判后，我妈顿时年轻了十岁，而我顿时衰老了十岁。我妈说：“嗨，姑娘，给我打起精神来，想当初我怀上你的时候可不是这样的。”

我说：“我不想要这孩子。”

我妈说：“你这是找抽呢?”

我说：“您懂什么叫优生优育嘛，王皓没戒烟，首先这男方的质量就不好，第二我还吃过一次青霉素，最后是我们还在创业期，王皓正筹备开装饰公司，哪里还有时间来怀孕?”

我妈说：“他开公司关你屁事，又不是他大肚子。”

我瞪了我妈一眼，正要说话，医生就发话了：“甭担心，这抽烟对基因没影响，基因老早就决定了的，岂能是你戒烟就能生出个国家主席的。”

我说：“我还吃了消炎药哪。”

医生继续态度友好地解释："青霉素是最安全的消炎药了，对胎儿基本上没什么影响，你吃了多少？"

我说："就吃了两天。"

医生说："完全没事儿，放心吧。"

看我还在犹豫，医生说："你现在这个年龄啊，正适合要孩子，现在的年轻人，都想着医学技术发达了，能剖腹产，三十多岁要孩子也不迟，可到了三十多岁的时候，不是身体差怀不上，就是恢复得慢，还落下不少病根，我以前有个病人，二十四五岁的时候有了身孕，我让她生，她非要打掉，没多久前想要孩子了，结果却查出来是宫颈癌，现在还在肿瘤住院部那儿躺着呢。"

这个例子把我和我妈都吓得不轻，我妈说："生吧，我还没做过外婆呢。"

其实医生说完那个例子的一瞬间，我就决定把这孩子给留下来了，决定了以后，一身轻松。

回家后，我就告诉了王皓，这个孩子我要生下来。

王皓一脸喜悦地说："好啊，太好了，我还担心你要拿掉呢。"

我说："你喜欢男孩还是女孩?"

他想也没想，说："是我的孩子，我都喜欢。"

我说："可我想要女孩。"

他说："那生下来是个男孩，咱就把他的小鸡鸡给割了。"

我打他，说："你敢割他，我就把你阉了。"

这算是一个喜讯，一个星期后，更大的喜讯传来，那就是老刁和谢志平结婚了。

这话得说回一个月前，谢志平去新加坡考察，我就顺便把老刁的联系方式给他了，谁知道他一回来，就说他对老刁一见钟情了。

我说："你有多少年没见过女人了？见谁都钟情。"

他说："不，这绝对不是一般的钟情，我这辈子就第一眼见过俩女人心脏骤停过，一个是朱茵，一个就是刁媛媛。那气场，那模样，那一颦一笑，啊！心脏恢复跳动后，当即我就感慨，这个妹妹我是见过的！”

我差点没喷饭，说：“你那不是一见钟情，我估计你是心脏有问题，改天去检查检查吧。”

他不理睬我，继续说：“我身体倍儿棒，绝对没问题，她就是我这辈子要找的人。”

于是他就再次飞往新加坡了，这次不是去表白，表白对谢志平这人来说是家常便饭，他这次是去求婚的。

当得知刁媛媛答应了他的求婚后，我不禁感叹世风日下，干柴烈火，一拍即合，臭味相投，视死如归，春色满园，开天辟地。

最近我在钻研各类文学书籍，动不动就冒成语出来，王皓说他受不了了，我说：“你懂什么，我这叫胎教，将来我宝宝就算没李白的本事，也有李白的气质。”

王皓说：“没事像李白干嘛，多落魄，我说你没事读点管理类的，指不定咱孩子就是下一个李嘉诚呢？”

我们就在读的书上产生了巨大的分歧，后来，我爸评价说：“你还是好好看看孕妇须知吧。”

过年前，老刁带着行李回来了。我挺着初具规模的肚子到机场迎接她，并问她：“新加坡多好啊，世外桃源，远离红尘，你怎么不待了？”

她说：“别以为你肚子大了就能倚孕卖孕，我为什么要待在新加坡，我老公在北京。”

我知道她在新加坡混得差劲，到现在还没拿到公民证，再加上那儿对中国人也相当地歧视，她就干脆回来了。

我说：“我就知道你早晚会回来的。”

她反驳我：“你那么灵，干脆摆个摊算命去呗。”

在从机场回去的路上，她问到我王皓开公司的事儿，我就告诉她，公司已经开了，规模不大，但照目前看来，活还是挺多的。

一切都朝明朗的方向发展，前些天我去做了检查，医生告诉我宝宝一切正常，我问她是男是女，她就笑着说，这个规定了不能讲的。

我妈就说是男孩，因为我特喜欢吃酸的，但我二姑说是女孩，因为我肚子不尖，于是两个人就打赌，把克林顿和希拉里都押上了。我妈说要是是女孩，她就把克林顿阉了，我二姑说如果是男孩，她就把希拉里带去结扎了。

这根本没意思，因为希拉里和克林顿已经生了好几窝，再生白送都没人要了，我妈和我二姑老早就打算给它们做绝育手术了。

汪特翰和了了也好事将近，我问二姑什么时候结婚，我二姑说："我倒是想他们早点结婚，可汪特翰最近太忙，都要等到年底去了。"

老刁和谢志平领证那天，请了月月和我们吃饭，史燕也来了，挽着刘光天的胳膊，肚子也挺得老高。

老刁和史燕的见面有些尴尬，但很快，我就跳出来打破这尴尬。我管谢志平叫恩公，我说："恩公啊，你的大恩我不知道怎么报答。"

谢志平说："你把爱爱介绍给我，我更不知道如何报答你。"

真恶心，那发音是 yuan，不是 ai，文盲也不能这么肉麻。

我扭头对史燕说："要不要咱来个指腹为婚？"

刘光天说："新社会了，你注意点用语。"

王皓就说："合着你还觉得我们高攀你了？我们孩子怎么了，基因绝对漂亮，老爸聪明，老妈漂亮，家庭幸福美满。"

觥筹交错间，我突然领悟到了生活的魅力。生活怎样，要看你用什么样的姿态来迎接它。有些结局，可能会有人无法理解，但身处其中的人知道，这就是生活，时而宽容，时而残忍。如同当你追到彩虹的尽头，才发现一切都是海市蜃楼。

就像昨天晚上，王皓出门的时候忘记关 QQ 了，我穿上防辐射服去看新闻的时候，却看到桌面上一个聊天窗口，对方的头像是个女孩的照片，她说："猪，我想你了。"

我没有关电脑，更没有看聊天记录，只是拿起了手机，给王皓拨了过去。

我说："老公，我突然想吃芝麻糊，你回来的时候在便利店给我捎点回来，还有，刚才宝宝踢我了。"

挂上电话的那一瞬间，我突然笑了。